お見合い相手は初恋の彼でした

～愛されすぎの身代わり婚～

m a r m a l a d e b u n k o

望月沙菜

JN042327

marmalade bunko

マーマレード文庫

目次

お見合い相手は初恋の彼でした
~愛されすぎの身代わり婚~

お見合い相手は初恋の彼でした

～愛されすぎの身代わり婚～

1　恋した人は雲の上の人

「実はこの日に縁談があってね」

私は持っていた水筒を落としそうになった。

確かにこんな素敵《すてき》な人に今まで恋人がいなかったことの方が不思議《ふしぎ》だし、独身でそれなりのステータスのある方なら縁談話があってもおかしくない。

だけどずっと思いを寄せていた人に、告白する前に失恋してしまった私は、大きなショックを受けた。

だったらなぜ告白しなかったの？　と思うかもしれない。

もちろんできることなら「好きです」と自分の気持ちを伝えたいところだけどあまりにも立場が違いすぎる。

そもそも社長とカフェ店員が恋人になれるのは、漫画《まんが》や小説の中だけだ。

「そうなんですか……。それでは、失礼いたします」

深々と頭を下げると、回れ右をして社長室を出た。

好きというには雲の上の存在すぎて躊躇《ちゅうちょ》した結果、告白できずに失恋確定。

もちろん片思いだとはわかっていた。ただ彼の近くにいるだけで満足していたのに、他人のものになってしまうと思うとなんでこんなに苦しくなるのだろう。

鼻がツンとして目頭《めがしら》が熱くなった私は、天井を見上げ涙が出ない様《よう》に歯を食いしばった。

「お待たせしました。ホットコーヒーです」

四人掛けのテーブルにコーヒーを置く。

少し暗めの店内に流れるジャズピアノ。テーブルや椅子《いす》は私が生まれるずっと前に作られたアンティーク。どれも少しずつデザインが違うのは伯父《おじ》が都内のアンティークショップを巡って探したものだから。

だが、どういうわけかここに来るお客さんはジャズが好きなわけでも、アンティークが好きなわけでもない。

純粋にこの店の雰囲気《ふんいき》が好きで忙しい合間《あいま》を縫って来てくれる。

「待ってました。桜《さくら》スペシャル」

「寺田《てらだ》さん。恥ずかしいからその言い方やめてください」

「何言ってんの。俺たちはこれを飲みたくてわざわざ通ってんだからね」

私、内田《うちだ》桜は伯父が経営する『喫茶《きっさ》 waterloo《ウォータールー》』で働く二十七歳。

寺田さんは近所のなでしこ商店街にある老舗《しにせ》クリーニング店の店主で、この店の常連客《じょうれんきゃく》だ。

私が働くWaterlooの外観は今どきのおしゃれなカフェとは程遠い。

古びたレンガ造《づく》りで、ステンドグラスのドアと年季の入ったショーケースは、よく言えば昭和レトロ。

だから見た感じは入りにくく、ここに来るお客は寺田さんのような、なでしこ商店街の人たちばかり。

そこの人たちが休憩時間にコーヒーを飲みに来てくれるのだ。

寺田さんがいう『桜スペシャル』というのは私が淹《い》れたブレンドコーヒーのことだ。

といっても私がすごい技法でコーヒーを淹れるわけではなく、常連さんたちが勝手にスペシャルと名付けてしまっただけ。

それでも、常連さんが私の淹れたコーヒーをおいしいと言ってくれるのは、本当に嬉《うれ》しい。

その時伯父が「桜、そろそろ時間じゃないのか？」と言って口角《こうかく》を上げた。

実は、週に二回ほど私のテンションが上がる。

注文主は店の前の大きい通りの向かい側にあるマクダーモンホテル東京《とうきょう》の社長、姫野隼人《ひめのはやと》さんだ。

マクダーモンホテルは外資系ホテルチェーンだ。

海外セレブも多く利用するホテルで、日本では東京、大阪《おおさか》、名古屋《なごや》に展開している。とくにここマクダーモンホテル東京の接客は世界一とまで言われており、各国の要人もここを多く利用していることで有名だ。

彼がうちの店に初めてきたのは半年前。社長に就任して間もない頃だった。

それまではマクダーモンホテルニューヨークのゼネラルマネージャーを務《つと》めていたそうだが、実績が認められ三十二歳という異例の若さで社長として日本に帰国したのだそうだ。

しかし国が違うと仕事に対する考え方や、仕事のやり方などが同じじゃないため、就任当初はいろんな苦労があったらしい。

そんな時うちの店に来たのが私と姫野さんとの出会いだった。

シャープな輪郭《りんかく》にキリリとした細い眉《まゆ》、目はくっきり二重《ふたえ》で目力がある。高めの鼻に、薄く弧を描いたような品のある唇《くちびる》。

そしてダークブルーのスーツは素人目《しろうとめ》にもわかるほど仕立てが良く、品があるジェントルマンという印象だった。

そんな姫野さんが初めてうちの喫茶店に来た時のことを思い出す。


それはランチタイムが終わり、お客様が引いた頃だった。

一人の男性が入ってきた。初めて見る顔だ。

しかも見惚《みと》れてしまうほどのイケメン。

年配のお客様の多いこの店に、彼が入ってきた途端《とたん》、私の視線は釘付《くぎづ》けになった。

モデル？　俳優？

そんな軽い気持ちで見てしまっていたのだが、彼は随分《ずいぶん》疲れているのかカウンターの一番隅にどさりと座ると大きなため息をついた。

「いらっしゃいませ」

私がお水とおしぼりを差し出すと、

「ホットを頼む」

とメニューも見ずぶっきらぼうにオーダーした。

相当《そうとう》お疲れのようで、伏し目がちにスマートフォンを眺めては、再びため息をつく。

疲れた時は甘いものが一番。

私はコーヒーと一緒にシナモンクッキーを添《そ》えた。

「お待たせしました」

コーヒーを差し出すとクッキーに気づき、これは何？　と言いたげに私を見た。

「なんだかとても疲れているご様子だったので……疲れた時は甘いものがいいんですよ。よろしければお召し上がりください」

図星《ずぼし》だったのか、少し照れた様子で「ありがとう」というと彼はコーヒーカップを口元まで運ぶ。そして心を落ち着かせるように目を閉じコーヒーを飲んだ。

「……おいしい」

パッと目を開け、もう一口飲む。

その表情は、まるで緊張から解き放たれたような安堵《あんど》の色を浮かべていた。

だが、彼はコーヒーだけを楽しみ席を立った。

テーブルの上にはクッキーが置き去りになっていた。

私のしたことってお節介《せっかい》だったのかな？　とちょっと後悔。

やっぱり男の人に甘いものはダメだったかな？

そう思ったのだが、姫野さんは思い出したかのようにクッキーを手に取るとスーツのポケットにしまった。

「ありがとう。時間がないからこれは後でいただくよ」

さっきまでの険《けわ》しい雰囲気はなくなっていた。

そして会計を済ますと笑顔で「また来る」と言って帰っていった。

また会える。そう思ったらどきどきとワクワクが混在し、私の胸は早鐘《はやがね》を打っていた。

「桜……おい桜」

「は、はい」

伯父に呼ばれ振り向く。

「お前はわかりやすいな」

「え？」

「顔に『タイプです』って書いてあるぞ」

「う、嘘《うそ》」

手で顔を隠すと、伯父は前を見ろと顎《あご》を突き出した。

すると彼が真向かいにあるマクダーモンホテルに入っていくところだった。

宿泊客なのかな？

最初はそう思ったのだが、それから二日後彼は再び店にやってきた。

そして前回と同じ様にホットを注文した。

「お待たせしました。ホットコーヒーです」

カウンター席に座る彼にコーヒーを差し出す。

「ありがとう。それとクッキー美味《おい》しかった。おかげで元気をもらえたよ」

彼に会えた嬉しさと満面《まんめん》の笑みにドキドキして落ち着かない。

「お役に立ててよかったです」

クッキーを食べてくれたことはもちろん嬉しかったが、それよりも初めて店に来た時のような疲労感が消え、穏やかな表情になっていることにホッとした。

それにしてもこの人は一体《いったい》どんな人だろう。

あの日、マクダーモンホテルに入る姿を見たが宿泊客という感じには見えなかった。

思い切って聞いてみようかな。そう思った時だった。

――カランカラン。

お客さんが入ってきた。

「いらっしゃいませ」

常連客の寺田さん達だった。

「桜ちゃん、桜スペシャル三つね」

と言いながらマガジンラックから新聞と週刊誌を持って、定位置であるカウンターの端に座る。

「はい」

うちのコーヒーはネルドリップで淹れている。

フランネルという布のフィルターを使ってコーヒーを抽出《ちゅうしゅつ》する。

ペーパーと違いまろやかで雑味がなくコーヒー本来の味を楽しむことができる。

だけど、淹れる人の個性が出やすい。

伯父の淹れるコーヒーはコクがあって味わいもよくとてもおいしい。

私は経験も浅く、伯父には遠く及ばない。

まだお金を取れる腕じゃないのに寺田さん達は私を応援してくれて、いつも指名してくれる。

期待に応《こた》えたい気持ちはあるけれど、なかなか同じ味を出せないのが目下《もっか》の悩みだ。

厨房《ちゅうぼう》に入ると、伯父が準備をしてくれていた。

緊張しながらコーヒー粉にお湯を注ごうとすると、目の前にいた姫野さんと目があった。

「桜スペシャルって何?」

「え?」

自分の名前を呼ばれたような気がしてどきっとする。

「この子、桜って言うんですよ。それであちらの常連さん達が桜の淹れたコーヒーを桜スペシャルって言ってるんですよ。と言ってもまだまだ半人前でスペシャルとは程遠いんですけどね」

伯父が代わりに説明してくれた。

もちろん本当のことだけど、褒《ほ》められてはいないだけに恥ずかしくなる。

「桜スペシャルか……次に来た時は僕も頼もうかな?」

姫野さんが笑顔を向けた。

「え? でも、あの……マスターが言うように、私の味は不安定で、お客様にお出しするにはまだ早いといいますか……」

どうせなら本当に桜スペシャルと断言できるようになってからお出ししたい。

「でもあの人たちは飲んでるんでしょ?」

「あの方達は常連さんで……私の練習台になってくれているんです」

姫野さんは私の顔をじーっと見つめると「じゃあ、僕もここの店の常連になる」と言ったのだ。

常連になってくれるのは嬉《うれ》しいけど……修業中の私にとってはかなりのプレッシャーだ。

私は助けを求めて伯父の方を見たけれど、伯父は助けてくれるどころか「俺は常連客が増えて嬉しいよ」と言い出して、断る手段がなくなってしまった。

こうなったら仕方がない。

「わ、わかりました」

渋々《しぶしぶ》返事をした。

「ありがとう。ただ一つお願いがあるんだ」

彼は口角を上げ微笑《ほほえ》んだ。

やばい。彼の笑顔はお願いならなんでも聞いてしまいたくなるほどの破壊力をもっていた。

「なんでしょう?」

「デリバリーというのかな? 仕事柄、頻繁《ひんぱん》に顔を出せないから君の淹れたコーヒーを仕事場まで届けてほしいんだ」

「仕事場にですか?」

彼がどんな人か全く知らない。

知っていることといえば初めてこの店に来た日、真向かいのマクダーモンホテルに入っていった姿だけ。

彼は名刺《めいし》入れから名刺を取り出して私の方に差し出した。

名刺を見た私はあまりの驚きに名刺を落としそうになった。

『株式会社マクダーモンホテルジャパン　代表取締役社長　姫野隼人』

今私の目の前にいる人はあのマクダーモンホテルの一番偉い人だった。

伯父は私の動揺する姿を見て不思議そうに名刺を覗《のぞ》き込む。

「あなたが新しい社長さんなんですか」

あんなすごいホテルの社長さんに対し、伯父はさほど驚いてはいない。

「はい。その前はニューヨークにいたんです」

ここに来る前はニューヨーク？

なんだか別世界から来た人にしか思えない。

でもそんな人がなぜ私の淹れたコーヒーを飲みたいと言うのかわからない。

だってうちの店のコーヒーよりホテルのコーヒーの方が絶対《ぜったい》に高級な豆を使っているだろうし、味だって断然《だんぜん》ホテルの方がおいしいはずなのになぜ敢《あ》えて私のコーヒーを?

「本当に私の淹れたコーヒーでいいんですか?」

再度尋《たず》ねた。

「ああ、桜スペシャルね」

そのネーミングが気に入っているのかは定かではないが、姫野さんは満面の笑みを浮かべた。だけど、桜スペシャルを連呼されるのはすごく恥ずかしい。

だって名前負けしてるんだもの。

それでも悔しいかな眩《まぶ》しすぎるほどの笑顔にドキッとした私は、断ることができなかった。

しかもお節介な伯父が、

「おいしいなんて言うとつけ上がるから、厳しいジャッジをお願いします」

なんて余計《よけい》な注文をつけた。

姫野さんは私の方に向き直って、

「わかりました。じゃあ早速《さっそく》明日の午前九時にお願いできるかな?」

と尋ねた。

「は、はい」

「明日は秘書を寄越《よこ》すから場所を覚えてね」

「はい、わかりました」

姫野さんは残りのコーヒーを飲み終えると帰って行った。

そして翌日からコーヒーの配達がはじまった。二杯分のコーヒーが入った水筒をトートバッグに入れ、姫野さんのいる社長室に行く。

そして最初の一杯だけコーヒーカップに注ぎ、その場でお出しする。

帰る時は前回使っていた水筒を回収して帰る。

その後、秘書の方から一ヶ月の配達スケジュールをいただき、急な用事が入らない限り指定された時間にお届けすることになった。

最初の一ヶ月は散々なものだった。

「前回よりコクがないね」「今日は濃すぎるよ」「薄い」「味にムラがありすぎる」などなど優しい顔で容赦《ようしゃ》なくダメ出しされた。

だけどたまに目を瞑《つむ》り、コーヒーを味わいながら「今日のコーヒーはとてもおいしいよ」と言われたりするとめちゃくちゃ嬉しくなってしまう。

そんな飴《あめ》と鞭《むち》のおかげで、私のコーヒーの腕はほんの少しだけ上がったような気がする。でも半年経った今もダメ出しは続いている。

伯父のようなおいしいコーヒーを提供できるのは、まだまだ先のようです。

そしてもう一つ、私にとって大きな変化があった。

それは、姫野さんを本気で好きになってしまったことだ。

最初は単にカッコ良くて素敵《すてき》な方で観賞するだけで満足していた。

ところが、コーヒーを届けるという短い時間でも彼の人柄や、彼の仕事をしている姿を間近で見ているうちに、いつの間にか姫野さんを恋愛の対象として見ている自分に気づいてしまった。

だけど、私はカフェの店員で彼は有名ホテルの社長。あまりにも立場が違いすぎる。

だから気持ちを伝えられない分、少しでも私のコーヒーで癒《いや》してあげたい。

そんな思いでコーヒーを届けていた。

ところが今日、いつものようにコーヒーを注ぎ姫野さんがそれを口にしようとした時、突然スマートフォンの着信音が鳴った。

姫野さんはスマートフォンの画面を見ると一瞬面倒臭《めんどうくさ》そうに顔をしかめた。

「もしもし……はい……そうですか。今週の金曜日……ですね。わかりました。はい。では」

それはとても短い電話だった。

でも金曜日は確か次の配達日だったような。

もしかしてキャンセル？

ここで姫野さんに会えることが私にとって唯一《ゆいいつ》の癒しだから、キャンセルが入るのはちょっと残念。

そんなことを思いながら交換用の水筒をトートバッグにしまっていると、

「桜さん」

姫野さんに呼ばれた。

「はい」

「悪いが、金曜日の配達はキャンセルしてもらえないかな」

さっきの電話でなんとなく察していたけど、楽しみが一つ消えたと思うとやっぱり残念だ。

「わかりました。お仕事頑張ってください。それで――」

「いや……仕事じゃないんだ」

「え？」

そこで縁談があることを知った……というわけ。

「はぁーあ」

私はベッドに仰向けになると、天井を見つめため息をついた。

もし姫野さんが結婚することになったら、今まで通りコーヒーの配達はできるのだろうか？

いや、そうじゃない。

私が普通でいられるかってこと。

もし奥さんとののろけ話を聞くことになっても平常心でいられるだろうか……。

ううん、無理《むり》。誰かのものになったからといって、すぐに諦《あきら》めるほどドライじゃない。

こんなことなら、見ているだけでいいなんて思わないで告白しとけばよかった。

もちろん私が告白したところで振られることはわかっている。

それでも「ごめん」と諦めの烙印《らくいん》を押してくれたら気持ちをずるずると引きずらなくてもすむ。

でも一体どんな人とお見合いするのだろう。

やっぱり家柄《いえがら》が良くて清楚《せいそ》でおしとやかで聡明《そうめい》なお嬢様かな？　そうに決まってる。

きっとそういう人が姫野さんにはふさわしいのだから。

それにしても、この不完全燃焼な気持ちをどうにかしたい。

私が抱き枕《まくら》にしがみついたその時だった。

ベッドの隅に置いていたスマートフォンから着信音が聞こえた。

手を伸ばし、画面をみると、友人の円城寺公香《えんじょうじきみか》からだった。

彼女は中学の時からの親友だ。両親は老舗の呉服《ごふく》店を営んでおり、公香はいわゆるお嬢様だけど、性格はお嬢様からかけ離れているというか、とてもサバサバした性格だ。

見た目も美人で、中学の時から何人もの男子に告白されていたけど、

「自分から好きになった人以外と付き合うつもりはない」

と言い切っちゃうタイプ。

美人で清楚な感じなのに実はサバサバした性格が萌《も》えポイントらしく、私が知るだけでも何十人もの男性を振っている。

数年前から始めた着物のレンタルとブライダル関連事業が好調で、最近はなかなか会えないけれど、そんな公香は私にとって大切な親友だ。

だが今日の公香はいつもと様子が違っていた。

『桜、明日会えない？　聞いてほしい話があるの』

いきなり本題に入るあたり、かなり大事な話に違いない。

「いいよ。私も聞いてほしいことがあったから」

姫野さんのことを一人で抱えるのは辛くて、誰かに話を聞いてもらって楽になりたかった。

『わかった。じゃあ、仕事が終わったら桜の部屋に行っていい？』

「いいよ」

電話を切ると、私は再びため息をついた。

翌日、公香がお酒を持参してやって来た。

昨夜の電話でもそう感じたが、何かあったのだろう。不安なオーラが感じられた。

「一体どうしたの？」

公香は大きなため息をつくと眉をひそめた。

「実は……縁談がきちゃったの」

「縁談？」

この言葉を二日連続で聞くとは……もしかして縁談ブームなの？　と聞きたくなってしまう。

「そうなのよ」

でも公香には、三年ほど付き合っている彼氏がいたはず。

「彼のことご両親に話していないの？」

「うーん……彼のことだけはどうしてもね……もし桜が私の立場なら言える？」

「……言えない……かな」

公香の彼というのは小説家だ。

と言ってても名前を聞いてもほとんどの人は知らないだろう無名に近い作家だ。

とあるレーベルのコンテストで入賞し、これまで片手ほど文庫本を出したものの、それだけでは食べていけず、現在はコンビニエンスストアでアルバイトをしながら作家活動を続けている。

公香はそんな彼を支えながら、近い将来必ず彼と結婚すると私に話してくれた。

だが、公香の家は老舗の呉服店。

小説家との結婚に賛成してくれるかというと恐らくそうはいかないだろう。

サバサバした性格の彼女でも、家のこととなるとさすがに自分の意志を貫くことは難しそうだ。

それに公香の縁談はこれが初めてではないのだ。

過去に二回ほど縁談があったが、理由をつけてなんとか断ってきた。

「さすがに三回目ともなると断れないじゃない。でも嫌なの。断る前提であっても彼がいるのにお見合いするのは……」

公香が彼のことをとても大切にしているのを知っているだけに、聞いている私も辛い。

だからといってお見合いを回避できる策があるわけもなく、かけてあげる言葉すら見つからなかった。

「ごめんね。桜にどうにかしてって言ってるわけではないんだけど、誰にも相談できなくて」

「私こそ、役に立てなくてごめん。ちなみに今度のお相手はどんな人なの？」

話の流れでなんとなく聞いたことだった。

「写真というか画像があるんだけど見る？」

「見る見る」

どんな人だろう。

それは本当にただの好奇心《こうきしん》だった。

すると公香はスマートフォンを取り出し「この人」と言って私に差し出した。

表示された画像を見て私は自分の目を疑った。

「公香……」

「な、何？」

「本当に……本当にこの人が縁談相手なの？」

何度も確認するには理由があった。それは私のよく知っている人だったからだ。

「名前は――」

「姫野隼人さん？」

私は公香の言葉を遮《さえぎ》るように写真に写っている男性の名前を言った。

驚いたのは言うまでもなく公香だった。

「ちょっと、なんで桜が私のお見合い相手の名前を知ってるの？」

「それは……」

公香は身を乗り出すように距離を詰めてきた。

「ねえ、どうして？」

「それは……私の片思いの相手だから」

公香は固まったように動きを止めたが、目だけは見開いていた。

「ちょ、ちょっと待って。桜はこの人のことが好きなの？」

予想もしていなかった展開に公香は信じられない様子で、私と姫野さんの写真を交互に見て驚いている。

だけど私も同じだ。昨日姫野さんが言っていた縁談の相手が、まさか私の親友だったなんて。

「昨日電話で私も聞いてほしいことがあるって言ったよね。あれはその片思いの相手に縁談があると聞いて……すごくショックで公香に聞いてもらいたかったの」

こんな偶然、神様の悪戯《いたずら》としか思えない。だとしたら神様は趣味が悪い。よりによって公香のお見合い相手だなんて……。

事実を知った公香もこんな展開が待ってるとは思ってもおらず、適切な言葉が思い浮かばないのか何度も「そうなんだ」と言葉を繰り返すばかりだった。

公香のリアクションに、余計な不安材料を増やしたようで申し訳ない気持ちになる。

そもそも私は片思い。でも公香は縁談で将来がかかってる。

優先すべきは公香のこれからよね。

「ごめんね公香。こんなこと言うつもりは……」

すると公香が急に口角を上げ、顔をにやつかせた。

「ねえ、私今ものすごいことを思いついたんだけど……言っていい？」

前置きするほどいい案でもあったの？

「いいよ。言って」

「桜、私の代わりにお見合いしない？」

「え？」

それは想定外の案だった。

2　私があなたのお見合い相手です。

お見合いをしたくない公香。公香のお見合い相手に片思い中の私。

そんなとんでもない状況の中、公香がある提案をした。

それは私が公香の代わりに姫野さんとお見合いするということ。

「な、何冗談《じょうだん》言ってるの？　そんなことできるわけないじゃない」

「それができるんだよね」

公香が自信ありげに口角を上げた。

「どういうこと？」

公香の話によると、元々姫野さんと公香のお父さんはブライダル事業関連で知り合ったのだそうだ。

公香のお父さんは姫野さんの仕事に向き合う姿勢はもちろんのこと、彼の人柄に惚れ込んでいた。

そして姫野さんが独身だと知ると、強引に公香との縁談を勧《すす》めてきたというのだ。

最初は断っていた姫野さんだったが、引き下がらない公香のお父さんに根負《こんま》けする形で頷《うなず》いたらしい。

本来は両家そろってのお見合いが望ましいのだが、公香に二回も縁談を断られている前例があるため、公香のお父さんはかなり慎重《しんちょう》になっていた。

どうしてもこの縁談を成功させたい公香のお父さんは、親がいない方が案外うまくいくのではと考え……。

「当日は二人だけで会うことになっているの」

「二人だけ？」

「そう。だから桜がお見合いしたとしても問題ないの」

いや、こんなのすぐにバレちゃう。

「無理よ」

「なんで？」

「だって……」

私は公香にはなれないし、そもそも公香にきた縁談で断るにしても公香じゃなきゃ意味がない。

「ねえ、桜は彼のことが好きなんでしょ？」

公香にそう聞かれて私は黙って頷いた。

「もし、私がお見合いしたとしよう。そこで彼氏がいるから結婚できませんと断る。そしたら彼はまた別の人とお見合いをする。桜の全く知らない人とね。彼ほどの肩書《かたが》きの男性なら引く手あまたよ。それでも桜はいいの？　こんなチャンス二度とないんじゃないの？」

公香の説得力のある言葉に気持ちは揺らぐ。

でも公香と私には一つだけ大きな違いがある。

それは公香がお嬢様で私はサラリーマン家庭だということ。

彼ほどの人ともなれば政略結婚というのだろうか、ある程度メリットのある人との縁談を好むだろう。私ではなんの利益もない。

グジグジと決断ができずにいると公香はスマートフォンを私に近づけ、姫野さんの画像をもう一度見せる。

「ただ見てるだけで満足してるほど余裕はないんだよ。ずっと断っていた人が急にこの縁談を受けるってことは、結婚に前向きになるなんらかの理由があるからだと思うの」

「結婚したい理由？」

「そうよ。じゃなきゃいくら父が強引な人だといっても引き受けないわよ。桜はこのまま指を咥えて見てるだけでいいの？　自分の気持ちを伝えないままでいいの？　彼のこと好きなんでしょ？　ダメ元でぶつかってみなさいよ」

好きよ。彼に会う度に好きな気持ちは募《つの》るばかりで……でも今までは見ているだけで満足していた。

それは彼に恋人がいる感じではなくて、誰かのものではないという確信があったからどこかで安心していた。

ところが突然の縁談話。しかもその相手というのが幸か不幸か私の親友。

でも考え方次第ではラッキーかもしれない。

たとえ私の願いが叶わなくても、自分の気持ちを伝えるチャンスだ。

元々私と姫野さんでは住む世界が違うし、結婚はおろか恋人にだってなれないと思っていた。

たとえ私の気持ちを伝えて振られたとしても、自分の気持ちには踏ん切りがつく。

「公香」

「何？」

「私、公香の代わりにお見合いする」

「本当？」

公香の表情がパッと明るくなった。

「うん。振られる覚悟《かくご》で自分の気持ちを伝えて、きっぱり諦める」

「ちょっと桜、振られる覚悟って……写真でしか知らないけど私は姫野さんと桜はお似合いだと思うよ」

公香が背中を押してくれるけど、このお見合いはある意味彼への思いを断ち切るためのお見合いだと思ってる。

そして迎えた当日。

伯父にだけは本当のことを話そうと何度も思ったのだけれど、反対されるかもと思うとなかなか言えず、

「コーヒーの配達がキャンセルになったから友達とマクダーモンホテルのスイーツビュッフェに行く約束をした」

と嘘をついてしまった。

服装は、数少ないワードローブの中から落ち着きのある紺色のシフォンワンピースを選んだ。

普段は薄めのメイクだが、今日はしっかりメイクで、お気に入りの口紅を塗って何度も姿見の前で全身をチェックし、部屋を出た。

店の外では伯父が植木に水やりをしていた。

「じゃあ行ってくるね」

すると伯父さんは、私をまじまじと見た。

「な、何？」

「ん？　やっぱりマクダーモンホテルとなると、そのぐらいおしゃれするんだなと思って」

「そ、そんなおしゃれじゃないよ。唯一あったワンピースだし」

やばい。何か勘づかれたかな？

「そうか……」

「うん」

「あっ！　桜」

回れ右した途端呼び止められ、恐《おそ》る恐《おそ》る振り返る。

「リラックスして頑張《がんば》れよ」

え？　それはどういう意味？

バレた？　いやそんなはずはない。伯父は絶対に知らないはず。

もしかしてデートに行くとか思ってる？

「お腹一杯《なかいっぱい》食べてきます」

なんとかごまかせたかな？　不安になりつつも私は道路を挟んだ真向かいにあるマクダーモンホテルへと向かった。

普段は従業員が使う裏口から入るのだが、今日は初めて正面から入る。

それにしてもまさかお見合いでここに来ることになるとは思いもせず、今までにない緊張に歩き方もぎこちなくなる。

私はホテルの前で一度大きく深呼吸をして自動ドアの前に立った。

スーッとドアが静かに開く。

気のせいだろうか格式の高いホテルは自動ドアもなんだか高価に見える。

緊張しながら一歩足を踏み入れ、最初に目に入ったのはとても大きな花器に生けられた花や木だった。キラキラした派手《はで》さはなく、落ち着きと、高級感がある。

周りを見ると、とにかく外国人が多い。周りでいろんな言語が飛び交い、まるで外国にいるような気分になる。

エントランスには重厚なカウンターを備えたフロントがあり、その反対側にソファラウンジがあった。

ラウンジは和をイメージした落ち着きのある色合いで統一されており、照明も温かみのある色合いだ。

ソファの後ろには水が流れており、水の音が心地よい。

公香から待ち合わせ場所はここだと言われていたので、私は緊張しつつ腰を下ろした。

約束の時間まであと十分ほど時間があるが、ホテルの雰囲気を楽しむ余裕はなく、これから起こる展開に不安しかない。

何も知らない姫野さんは、お見合い相手が公香から私に変わったと知ったらどう思うだろう。

びっくりするだけならいいけど、機嫌を損《そこ》ねたら自分の気持ちも伝えられないかもしれない。

やっぱりこんな身代わりのお見合いなんて断るべきだったのかな？　よくよく考えれば自分のことばかり優先して、相手のことまで気が回っていなかった。

告白以前に嫌われてしまうかも……あぁーどうしよう。やっぱりこんな人を騙《だま》すようなことはダメだ。

帰ろう。そして公香にはちゃんと謝ろう。バッグからスマートフォンを取り出し、電話をかけようとしたその時だった。

「桜さん?」

聞き慣《な》れた優しい声にパッと顔を上げると、姫野さんが驚いた様子で私を見ていた。

「姫野さん」

どうしよう。帰ろうと思ったのに……。

「やっぱり桜さんだ。とても綺麗《きれい》で見惚れてしまった。ところで今日は誰かと待ち合わせ?」

本当にこの人はお世辞《せじ》がうまいんだから……。

「ご冗談を……」

「冗談じゃないよ。本当に綺麗だ。もしかしてデートの待ち合わせ?」

そうよね。姫野さんは何も知らないんだから……。

どうする私。このまま人と待ち合わせと偽ってこの場を立ち去ることは可能だ。

だが、もう一人の私がささやく。

〈これが最初で最後のチャンスよ。ダメ元で自分の気持ちをぶつけなさい〉

「今日はお見合いがあって……」

姫野さんは目を丸くし、かなり驚いた様子。

「お見合い? じゃあ僕と一緒だね。実は僕も今から——」

もう、どうにでもなれ！

「姫野さんとお見合いするために来たんです」

「……え？」

状況が全くわからず顔を引きつらせている姫野さん。

そりゃ驚くでしょう、何も知らなかったのだから。

「あなたとお見合いをする予定だった円城寺公香はここには来ません。友人の私が彼女の代わりに来ました」

その言葉で状況をある程度理解した様子の姫野さんは、さっきまでの爽《さわ》やかな表情から一変。険しい表情へと変わった。

「とりあえず、話を聞かせてほしいからこっちに来てくれ」

今まで聞いたことのない厳しい口調に私はたじろぐ。

やっぱり怒ってる。

そりゃそうよ。いきなりお見合い相手がチェンジしてたら誰だって怒るだろう。

顔見知りだからなんとかなるかもと甘い考えを持っていた私は、今頃になって自分のしていることの重大さに気づく。

これからどんなお叱りを受けるのだろうと不安になりながら、私は彼の後について行った。

普段は従業員用のエレベーターしか使わない私だが、今は宿泊者用のエレベーターに乗っている。煌《きら》びやかで高級感があり、音も静かなエレベーターだが、悠長《ゆうちょう》に楽しむ余裕などなかった。

会話はなく、静まり返ったエレベーターの息苦しさに逃げ出したい気分だ。

最上階に近い階でエレベーターのドアが開き、姫野さんが先に降りた。

シーンと静まり返った客室の通路がより緊張感を漂わせている。

姫野さんは突き当たりの部屋の前で足を止めると、カードキーを差し込みドアを開けた。

「入って」

「は、はい」

それはいつもの社長室ではなく客室だった。

しかもシングルでもツインでもなくスイートルームで、部屋に入った途端、私はその場で固まってしまった。

海外からの要人やセレブが多く宿泊するからかスイートルームは全体的に落ち着きのある作りだ。

和紙を使った照明は温かみがあり、随所《ずいしょ》に日本らしさが感じられる。

十人掛けのダイニングテーブルやソファセットを見ただけで、この部屋がいかに広いかがひと目でわかる。

明らかに私には場違いなところだ。

と、悠長に感心している場合ではない。

「あ、あの」

「座って」

姫野さんに座るよう促《うなが》されるが、どこに座ればいいのだろうかと戸惑《とまど》う。

「どこでもいいからとにかく座ってくれ」

彼の口から発せられる声のトーンは酷《ひど》く低く、感情も感じられず、私の知っている姫野さんのようではなかった。

いや、もしかすると今まで私に見せた姿が営業スマイルというもので、本来の姿は目の前の彼なのかもしれない。

とにかく言われるがまま私は三人掛けの大きなソファに座り、姫野さんは反対側の三人掛けソファに座った。

私たちの前には大きな楕円形《だえんけい》のガラスのテーブルがあるが、彼との距離を意識せずにはいられなかった。

姫野さんはソファに深く座ると足を組み、ネクタイを緩《ゆる》めた。

どう考えてもお見合いをする雰囲気ではない。

「どういうことか説明してくれないか？」

一気に緊張が走る。

「公香にはずっと付き合っている恋人がいて、その彼と結婚を考えているんです」

「だから僕とは見合いできないと……」

「……はい」

彼は呆れ顔で大きなため息をついた。

「理由はわかった。でもなぜ君が代わりにここに来るんだ？　別にそんなことをしなくても断る方法などいくらでもあったんじゃないのか？　わざわざ身代わりをよこすだなんて」

「それは……」

姫野さんが好きだから代わりに私がお見合いをすることになったんです。と言いたいところだけど、正直に言えるような空気ではない。

これは告白せずとも結果はわかってしまった。

「何？」

「私が説得役を買って出たんです。お相手が姫野さんだから……私が話せばわかってくれるんじゃないかと……」

姫野さんは顎に手を当てると無表情のまま私の話を聞いている。

「ふぅん、友人のためにそこまでするなんて、君は随分、友達思いというか、お人よしなんだな」

目の前で感情を出さず、小馬鹿《こばか》にするような言い方に、ショックを受ける。

「そ、それのどこがいけないんですか？　公香は私にとって大切な友達なんです」

まさかこんな冷たい人だとは思いもしなかった。

私はこの半年、彼の何を見ていたんだろう。今まで交わした会話は単なる社交辞令《しゃこうじれい》だったの？

もちろん私のとった行動は浅はかだったと思う。だけど彼の言葉や私を見る冷たい視線がショックで、目頭が熱くなる。

でも今は泣いちゃダメ。

姫野さんの顔がまともに見れず、視線を下に落とす。

そして会話が途切れた。

これで何もかも失敗に終わった。私はこの場から逃げたくなってバッグを手に取った。その時だった。

「そうか……。そこまで友達思いなら彼女の代わりに僕と結婚することだってできるよね」

私は自分の耳を疑った。

今、僕と結婚って……言った？

「桜さん、聞こえてる？」

「は、はい」

返事はしたものの、あまりに衝撃的な展開に頭が追いついていない。

だが姫野さんは淡々《たんたん》とした口調で話を続ける。

「僕は正直暖かい家庭が欲しくて結婚したいわけじゃない。ただ日本では家庭を持って一人前みたいな考えを持つ人が多いんだよ。だから結婚がしたいんだ」

「じゃあ、純粋に結婚したいのではなく、信用のために結婚するんですか？　そのためなら相手は誰でもいいと？」

姫野さんは顔色を変えずロ角だけを上げた。

「否定はしない」

姫野さんと接していく中で、彼は暖かくて笑顔の絶えない家庭を築ける人だと思い込んでいた。それだけに今の言葉はショックだった。

「では、もし私がお断りしたら……」

「……別の女性と見合いをするだけだ」

「そう……ですか」

姫野さんは組んでいた足を戻すと、腕時計を見て立ち上がった。

「結婚と言っても形だけだ。君が親友のために動いたことを無駄《むだ》にはしたくないと思うのなら……返事はそうだな、次のコーヒーの配達の時に聞くよ」

そして姫野さんはスマートフォンを取り出し電話をかけた。

「次の予定を早める。車を頼む」

電話を切ると、私にカードキーを差し出した。

「これから人と会う約束をしているから僕は行くけど、君はゆっくりしていくといい。帰る時はそのキーをフロントに返しておいてくれ」

だが私は受け取らなかった。

「結構《けっこう》です。私も帰りますので」

こんな広い部屋に一人でいても、楽しめない。

それよりも早く部屋に帰りたい。

姫野さんはフッと鼻で笑うと、カードキーをポケットに入れた。

こんなのおかしすぎる。だって私の知っている姫野さんは……。

「あの……」

「何？」

「コーヒーを飲んでいる時の姫野さんと、今の姫野さん。どっちが本当のあなたなんですか？」

あれだけ冷たい言葉を投げかけられても、心のどこかで信じたかった。

本当の姫野さんは私の淹れたコーヒーをおいしそうに飲んでくれる優しい方だと。

すると彼の足が一歩ずつ近づいてきた。

そして腰をかがめ、私を覗き込んだ。

「どっちが本当の僕か知りたいなら……結婚するのが一番手《て》っ取《と》り早《ばや》いよ」

「え？」

頭の中が整理できずモヤモヤしているのに、至近距離で話しかけられてドキドキしてしまう自分に呆れてしまう。

「いい返事を待っている。じゃあ僕は先に失礼するよ」

そう言って姫野さんは部屋を出ていった。

私は気が抜けたようにソファに座ったまま、しばらく呆然《ぼうぜん》としていた。


結局、当初の予定だった姫野さんへの告白はできなかった。

私は自分の部屋に帰ると、着替えもせずベッドに仰向《あおむ》けになった。

予想もしなかった展開にまだ頭は整理がついていない。

理由はどうあれまさか彼の口から結婚しようと言われるなんて思ってもいなかった。

でも何より驚いたのは、私の知らない彼の一面だった。

私の知っている姫野さんはいつも笑顔で、優しくて、おいしいコーヒーを淹れられなかった時でも決して不機嫌な態度はとらず、私のモチベーションを上げてくれる一言を必ずくれた。

見た目ももちろん素敵だけど、それよりも私はそんな彼の優しさに惹《ひ》かれた。

だけど今日、私の知らない姫野さんがいた。

なんだか見ちゃいけないものを見てしまったような感覚に頭がついていかなかった。

もし、公香がお見合いをしていたらどんな話をしたのだろう。

きっと『結婚と言っても形だけだ』なんて言わなかったかもしれない。

あんな言い方をしたのは、公香の代わりに私がお見合いを買って出たから？

彼の立場を無視するように余計なことをした私に腹を立てたから？

恐らくその両方だろう。

それにしても一体どうしたらいいの？

愛情はないけれど結婚という信用が欲しい。ということは、もし結婚したとしても愛のない結婚生活が待っているというの？

私に与えられた選択肢は二つ。

愛がないなら結婚する意味はないからこの話を断るか、もしくは愛がなくても彼の近くにいたいからこの話を受けるかだ。

「あーどうしたらいいの？」

二者択一《にしゃたくいつ》に頭を悩ませているとスマートフォンが鳴った。

公香からだった。

「もしもし」

『桜、お見合いどうだった？』

「それが……」

私は公香に彼に結婚を申し込まれたことを話した。

『結婚?!　すごいじゃない。告白して両思いからの結婚？　まるで映画のような展開じゃない』

かなり興奮《こうふん》した感じだが、そんなんじゃない。

「違うの。どちらかというと真逆というか……」

親友のために自分がお見合いするなら結婚もできるよね、と言われたこと。

仕事をする上で、結婚は信用となる材料。そのための結婚で愛情はない。

私は姫野さんに言われた言葉を公香に全て報告した。

『ちょっと待ってよ。好きだって告白したのにそんな言われ方したの？』

「それが……告白なんてできるような空気じゃなかったの」

『え？　じゃあ桜が好きだってことを姫野さんは知らないの？』

「うん。友達のために身代わりになったと思ってる」

するとスマートフォン越しに大きなため息が聞こえた。

『それは桜が悪い』

意外すぎる言葉に私は驚いた。

「え？　なんで？」

私にはわからなかった。

『なんでじゃないわよ。こういう時は、友人のお見合い相手が姫野さんだと知って、いてもたってもいられず私がお見合いを代わってほしいとお願いしたんですって言えば、直接好きだって言えなくても相手に気持ちは伝わったはずよ』

やだ……私ったら何も考えてなかった。

『もし彼が桜に気があったとしても、身代わりなんて言い方されたら、愛情がなくても友人のためにお見合いするんだって思っちゃうよ』

やってしまった。私ったらなんてことを……。

「じゃあどうしたら……」

彼が悪いんじゃなくて自分の言葉足らずが原因だったかもしれないと思うと、時間を戻してもう一度お見合いをやり直したくなる。

『結婚しなよ』

「え？」

『結婚して自分の気持ちをちゃんと伝えるの。一緒に暮らすようになれば桜の姫野さんへの思いは自ずと伝わるはずだから』

公香は背中を押してくれるけど、お見合いの時点で大失敗している私が、姫野さんと結婚してもいいのだろうか……。

返事をしない私に公香は、

『じゃあ、他の女性に取られてもいいってわけだね』

と揺さぶりをかけてきた。

「それは……いや」

『じゃあもう決まったじゃない』

そうなんだけど、まだほんの少し迷いが残っている。

『そうそう、私の方から父に縁談は断ったって伝えておいたから』

「え？　もう？　大丈夫だった？」

まさか当日に断ったと言うとは思っていなかった。

『期待を持たせたくないからよ。でもしつこく聞かれたわよ。彼の何に不満があるんだ！　ってね。でも好きでもない人と結婚して離婚するよりいいじゃないって言ったら何も言えなくなったみたい』

さすが公香。思ったことをちゃんと言える公香が羨ましいよ。

『だからさ、結婚しちゃいなよ』

「え？　でも……」

『何を迷ってるの？　それとも彼が誰かのものになってもいいの？』

「嫌！」

『それが桜の本心。だったらもう迷うことないんじゃない？』

私の本心……。

そうよね。

彼は私に、どっちが本当の自分か確かめてみたらと言った。

私は信じたい。私が好きになった姫野さんが、彼の本当の姿であると。

「わかった」

『よし！　そうこなくっちゃ』

だけどこんなに簡単に結婚を決めていいのだろうか……。

うちの両親なんか腰抜かしそうだし、伯父もなんて思うだろう。

っていうか、私が結婚したらお店は伯父ひとりになっちゃう？

「――ら、桜？」

「え？　な、何？」

伯父に何度も名前を呼ばれていたのに全く気づかなかった。

「もうそろそろ姫野さんのところに行く時間じゃないのか？」

「あっ……そうだった」

今日はコーヒーを届けに行く日であり、プロポーズの返事をする日でもあった。

今までは姫野さんに会える日をとても楽しみにしていたのに、今日は緊張で落ち着かない。

コーヒーの入った水筒をトートバッグに入れると、身だしなみを整え大きく深呼吸をした。

いつもなら深呼吸などせず、元気に裏のドアから出ていくところだけど……。

「じゃあ、行ってきます」

裏口のドアノブに手をかけた時、伯父に呼ばれた。

「何？」

「桜、笑顔忘れてるぞ」

伯父は両手の人差し指を口の両端に当て、口角を上げた。

「笑顔ね。わかった」

これでもかというぐらい口角を上げた。

「よし、行ってこい」

伯父に背中を押されるように店を出て、ドアを閉めるともう一度大きく深呼吸をし、真向かいのマクダーモンホテルを見る。

いつもなら姫野さんに会える嬉しさに心を躍らせている私だが、今日ほどノックするのに躊躇《ためら》ったことはない。

私は今日何度目かの深呼吸をすると社長室のドアをノックした。

「Waterlooの内田です。コーヒーをお持ちしました」

「どうぞ」

姫野さんはいつもと変わらず、パソコンの画面から私に視線を移すと、極上《ごくじょう》の笑みを浮かべる。

あのお見合いは夢だったのかと思うほどだ。

「ご苦労様」

悔しいけど私はこの笑顔に弱いのだ。

「今、コーヒーをお淹れします」

「頼むよ」

ここまではいつもと変わらない光景なのだが、私は緊張で動きがぎこちない。

キャビネットから姫野さんのコーヒーカップを用意し、水筒の中の淹れたてのコーヒーを注ぐ。

香ばしいコーヒーの香り。

いつもならこの香りに癒されるところなのだが……。

「お待たせいたしました」

デスクの邪魔《じゃま》にならない端の方にカップとソーサーを置く。

姫野さんはパソコン操作の手を止め、コーヒーカップを手に取った。

そして香りを確認すると、目を瞑りながらコーヒーを味わう。

「うん。おいしい」

いつもならおいしそうにコーヒーを飲む姿に胸が高鳴ってしまうのだが、今日はそんな余裕が全くない。

いつ結婚のことを聞かれるのかと緊張で胃が痛い。

だけど姫野さんは普段と変わらずコーヒーを堪能《たんのう》している。

やっぱりあれは夢だったのかもしれない。きっとそうだ。

だったら今のうちに前回の水筒をしまって帰ろう。そう思った時だった。

「ところで返事を聞かせてほしいんだけど」

「え？」

不意打《ふいう》ちだった。

やっぱり夢ではなかった。

もしかして、気が緩んだこのタイミングを狙っていたのかと思うほど。

緊張で手に力が入る。

それにしても、プロポーズの返事だというのに何かのついでに聞いているような感がしてならない。

「桜さん？」

私は姫野さんの正面に立つと心を鎮《しず》めるように小さく深呼吸をした。

正直まだ多少の迷いはあるが、公香に言われた言葉が私を後押しした。

「お受けいたします」

どんなリアクションをするのだろうか。信用欲しさとはいえ結婚が決まったのだから少しは嬉しそうな顔をするのだろうと思っていた。

だが予想に反する表情に緊張が走る。

姫野さんはコーヒーカップをソーサーの上に置くと、険しい表情を向けた。

「……君は本当に友達思いなんだな」

「え？」

「自分のことよりも、友達の立場を優先するなんて随分お人よしなんだな」

え？　ちょっと待って。そんなんじゃないのに。

「それは」

「じゃあ……結婚するってことで話を進めよう」

さっきまでの、コーヒーを飲んでいた時の笑顔は完全に消えていた。

どうしよう。彼を怒らせてしまった？

お人よしって思われてしまった。

返事のタイミングで、自分の気持ちを伝えるべきだったんだ。

姫野さんが好きだからこの話をお受けいたします、って言っていたらここまで怖い顔をさせずにすんだのかな？

とにかく自分の言葉選びがダメダメすぎて、みんな悪い方悪い方にことが進んでいるようにしか思えなくなった。

だけど今更何か言ったところで全て後付けとしか思われないだろう。こんな自分が嫌になってしまう。

「桜さん聞いてる？」

姫野さんは呆れた様子で私を見ていた。

「す、すみません」

「先延《さきの》ばしにしていた社長就任パーティーがあるんだが、それに合わせて結婚報告もしたい。できれば早急《さっきゅう》に入籍をと思っているのだが……その前に君のご両親とマスターにもご挨拶《あいさつ》をしなければいけないな」

え？　社長就任パーティー？　結婚報告？　早急に入籍？

いや、結婚するということはそういうことなんだろうけど、頭が追いついていない。

姫野さんはスケジュールを確認しながら都合の良い日を紙に書き出している。

私はというと、上司の指示を待つようにただつっ立っていることしかできない。

「君のご両親にご挨拶に行く前に、まずはお世話になっているマスターにご挨拶するか……そうだな、今からじゃダメか？」

「い、今からですか？」

心の準備もまだなのに、結婚をＯＫした途端、いきなり挨拶《あいさつ》ってあまりにも早急すぎない？

結婚に対して全く夢がないわけではない。

純白のウエディングドレス、誓いのキスに、ライスシャワー。そしてブーケトス。

たくさんの人に祝福され、愛する人とともに歩むためのスタートライン。

だけど彼の言い方に愛は感じられず、やっつけ仕事のようだ。

「本当に今からですか？」

あまりに事務的な態度に思わず確認をした。だが、返って来た言葉は、

「善は急げだろ？」

だった。

この時点で私の思い描《えが》く結婚への夢は絶たれた。

自分で決めたことなんだから、もう腹をくくるしかない。

ただ、一つだけ姫野さんにお願いしたいことがあった。

「あの、伯父に会う前に一つだけお願いがあります」

「なんだ？」

「姫野さんの意見に逆らうつもりはありません。ただ伯父の手伝いだけは結婚後もこれまで通りさせてほしいんです。小さな喫茶店ですが常連さんも多く、伯父一人では大変なので……」

「わかった。ただ、休みに関してはなるべく僕の予定に合わせてもらえるようにしてほしい」

「それは伯父と相談になりますが、話してみます」

「それと結婚しても今まで通りコーヒーの配達を頼みたい」

どうして？　と思ったが、

「わかりました」

と素直に受け入れた。

周りのお客さんの迷惑にならないよう姫野さんには閉店後に来てもらうようお願いした。

だが突然の結婚の挨拶に、伯父の驚きは腰を抜かす勢いだった。

「桜、い、いつの間に姫野さんとそんな関係に？」

公香の身代わりにお見合いしたとは口が裂けても言えない。

でもなんて答えたらいいのか、思いつかないままあたふたしていると、

「僕の一目惚《ひとめぼ》れです」

姫野さんがとんでもないことを口にした。

一瞬焦ったものの、これは結婚の許しをもらうための演技だということに気づく。

けれど何も知らない伯父は、

「一目惚れ？」

と信じがたそうな声をあげ、私と姫野さんを交互に見た。

「はい。彼女の明るさや、笑顔。そしておいしいコーヒー。週に二回のコーヒーが楽しみだったのは言うまでもありませんが、いつしか桜さんに対し特別な感情を抱いていることに気づいて……」

彼の口から発せられる言葉は静けさの中に情熱を感じさせるものだった。

もちろんこれは事実ではない。結婚を許してもらうためのお芝居のようなもの。

それでも私の胸はときめいていた。

姫野さんは話を続ける。

「そんなに驚かないでください。彼女はこの店の看板娘《かんばんむすめ》ですよね。そんな彼女が誰かに取られるんじゃないかと思ったら気が気じゃなく、振られる覚悟でいきなりプロポーズしてしまったんです。ですが、彼女から『お受けします』と今日返事をいただき、彼女の気が変わらないうちにと思いまして。急ではございますがご挨拶にあがりました」

伯父は私を見て「そうなのか？」と確認をする。

「そんな感じです」

事前打ち合わせとか一切《いっさい》なかった私は、そうとしか答えられなかった。

それにしても驚いた。

だって今彼が言ったことは、私が姫野さんに抱いている想いにとてもよく似ていたからだ。

伯父は私の目をじっと見つめると「桜」と呼んだ。

「はい」

「俺はお前の親じゃないからいいも悪いもいう権利はない。だが、お前がここ数日悩んでいたことはわかっていた。その理由が結婚だということまではわからなかったがな。でもそれだけ真剣に考えて出した答えなら俺は応援するよ」

実家を出て一人暮らしをしたいと両親に言った時、猛反対された。

そんな時、味方になってくれたのは伯父だった。

「俺が責任を持つから許してやってくれ」

そう言ってくれたから、私はこの喫茶店のあるマンションの三階で一人暮らしできるようになった。

そんな伯父は私にとってもう一人の父であり兄なのだ。

「ありがとう。伯父さん」

「ありがとうございます。絶対に彼女を幸せにします」

姫野さんは深々と頭を下げた。

でも私は複雑な気持ちだった。

理由はどうあれ、たくさんの人に嘘をつくことになるからだ。

後ろめたさと報《むく》われない恋への切なさに胸が痛い。

これが嘘じゃなかったらどんなに幸せか……。

お見合いで玉砕《ぎょくさい》したと思っていた私が彼と結婚するなんて、正直まだ信じられない。

でも浮かれてなんていられない。

その時急に伯父が寂《さび》しそうな表情を見せたのを、私は見逃さなかった。

「伯父さん、どうしたの？」

「いや、桜が結婚したら店も寂しくなるなと思ってね」

そうだった。肝心《かんじん》なことを言い忘れていた。

「そのことなんだけど、私、結婚してもここで働くから」

「え？」

「だって看板娘がいなくなったらお客さん減っちゃうじゃない。それに私はこの店が大好きだし、まだここで勉強したいことがたくさんあるの」

もっと勉強して、本当の桜スペシャルを完成させたいのだ。

「気持ちは嬉しいけどなー」

伯父は姫野さんを見た。

「マスター、僕からもお願いします。彼女を専業主婦にさせておくのはもったいありません。それに彼女の言う通り、看板娘は必要ですよね」

姫野さんの言葉に伯父はほっと胸を撫《な》で下ろしたようだ。

「いや、そう言ってくれて嬉しいよ。桜がいてくれないと常連客たちに何を言われるか。でもな、桜。家のことはちゃんとやれよ。何もやらない理由に仕事を持ち出すなよ」

「はい」

「しかし、桜が結婚か～嬉しいな。それで実家にはいつ挨拶に行くんだ？」

チラリと姫野さんの方を見る。

「今週中にはと思っています。あとこれは僕のわがままですが、籍だけでも早く入れたいんです」

今週中？　聞いてないよ。

じゃあ、両親からの承諾を得たらまさかの即入籍？

こういうのをスピード婚っていうのだろうけど、全く実感が湧いてこない。

「だったら桜、今すぐ実家に電話を入れろ」

「え？」

なんで今なの？

「紹介したい人がいると言えば、あの二人のことだからすぐに会いたがるだろう。それに実家なんて近くだろ？　姫野さんも忙しい人なんだからお前がその辺ちゃんとしないと」

「う、うん。わかってるけど……」

伯父の言う通り、今まで浮いた話の一つもなかった私が、会わせたい人がいるなんて言ったらお祭り騒ぎで、今すぐにでも連れて来いと言いかねない。

だけどいきなり両親に会わせるなんて心の準備ができていない……。

「桜さんのご実家ってここから近いんですか？」

「ここからなら車で二十分ぐらいだったかな」

伯父が代わりに答えた。

「だったら是非《ぜひ》ご挨拶をして、結婚の許しをいただきたいです」

すると伯父と姫野さんの視線が私に向けられた。

これって私に早く連絡しろということ？

「わ、わかりました。じゃあ明日にでも」

「今すぐだ」

伯父に言われて渋々電話をすると、案の定母は大絶叫した。

そして、いつでもいいから連れてきなさいと言われた。

実は私の父と母は大恋愛の末結婚した。

母の実家は田舎の大地主《おおじぬし》。母はその一人娘として大事に育てられた。許嫁《いいなずけ》もいて二十歳になったら結婚することになっていたが、その前に父と出会ってしまったのだ。

もちろん父との結婚に母の両親は大反対。

駆《か》け落《お》ちまで考えたが、二年かけて母の両親を説得し、無事結婚することができた。

というドラマのような本当の話なんだけど、私はこの話を耳にタコができるぐらい聞かされた。

そして母は決まって「桜も心から愛した人と結婚しなさい。でも迷いがあるのならやめなさい。心底惚《ほ》れ抜いた人と結婚することよ」と口癖《くちぐせ》のように言うのだった。

だから躊躇《ちゅうちょ》していたのだ。

姫野さんに片思いしている私。信用欲しさに結婚する姫野さん。

それを母に悟られないかが心配なのだ。

電話を切り、いつでもいいと言うと、姫野さんはスケジュールを確認し明後日の夜なら空《あ》いていると言った。

結局、二日後両親と会うことになった。


「疲れた?」

別れ際、姫野さんにそう聞かれて私は首を横に振った。

「疲れたというより、まだ実感が湧かないんです。だって話がとんとん拍子《びょうし》に進みすぎて……」

「だけど君はこの申し出を受けた。それも友達のためにね……」

やっぱり姫野さんは勘違《かんちが》いしてる。

本当は友達を助けるためじゃない。私自身が望んだこと。

それなのに思いとは裏腹《うらはら》に事実じゃないことが一人歩きしている。

でも今ならまだ修正できる。

「姫野さん……そのことなん――」

本当のことを言おうとした時だった。

邪魔をするかのように姫野さんのスマートフォンが鳴った。

「すまない」

と断りを入れ、私から少し離れて電話に出たのだが、彼の表情は見る見るうちに険しくなり、口調も厳しくなっていた。

電話が終わったら本当のことを言おうと思ったが、そういう空気ではない。

そして電話を切った姫野さんは私に向き直った。

「悪い。ちょっとしたトラブルですぐに戻らなきゃいけない。話の続きは後日聞くから。じゃあ」

「わかりました」

そのままホテルに帰るのだと思い私は頭を下げた。

ところが姫野さんは私に近づいてきた。

何か言い残したことでも？　と思い顔を上げると、ほっぺたに柔らかい感触を感じた。

一瞬何が起こったのかわからなかったが感触が消えると同時にそれがキスだとわかった。

あまりに突然の出来事に私は固まったまま彼を見ることしかできなかった。

姫野さんはそんな私を冷ややかな目で見下ろす。

「いくら好きでもない男でも、これから結婚する相手にその顔は失礼だな。結婚したらこれ以上のことにも慣れてもらわないと困るから……驚いた顔は今回限りにしてほしいな。じゃあ、また」

姫野さんは片手を左右に振るとホテルの方へ行った。

私はその姿を目で追っていた。

好きでもない男って……そんなわけないじゃない。

公香の代わりにお見合いした。だけどそれは彼のことが好きだからお見合いしたのに……。

本当のことを言おうとしたら電話が入って肝心なことが言えなかった。

全てのタイミングがずれている。

本当に自分の気持ちを伝えられる日が来るのだろうか……。

私はキスをされた左の頬《ほお》に手を当てる。

ついさっきのことなのに心臓のバクバクは全く治まらない。

だけど愛のない彼のキスに切なさを抑えられず胸が痛かった。

『姫野さんやるじゃない』

「もう、面白《おもしろ》がらないでよ」

本音《ほんね》を吐き出せる唯一の友、公香に電話をすると興奮した声がスマートフォン越しに聞こえた。

私は公香のテンションに水を差すように、誤解《ごかい》されたままでいることを話した。

『え？　どういうことよ。まだ告白してないの？』

さっきまでの高めのトーンが一気に低くなった。

話すタイミングをことごとく逃していることを話すと、スマートフォン越しに大きなため息が聞こえた。

『いい？　こういうことって時間が経てば経つほど信憑性《しんぴょうせい》に欠けるというか、嘘っぽく聞こえてしまうから早いに越したことはないの。次に会った時には絶対に言うのよ』

と、釘を刺された。もちろん私だってそうしたい。

何かにつけて好きでもない男と結婚する女という代名詞《だいめいし》がついてまわるのは解《げ》せない。

『告白できるチャンスは次しかないと思って頑張りな』

「わかった」

それから二日後、誤解されたまま私は姫野さんと私の実家へ挨拶に行った。

父も母もそれはそれは驚いた。

そりゃあそうよね。

相手はあのマクダーモンホテルの社長さんなんだもん。

でも持ち前の外面《そとづら》の良さと甘いルックスに、両親が姫野さんを大変気に入ったのは言うまでもない。

「本当にうちの娘なんかで大丈夫《だいじょうぶ》かしら……ほら、うちはサラリーマン家庭で姫野さんみたいなセレブとは縁遠いというか格差がありすぎるから……」

それは私も同じ思いだ。私と結婚してなんのメリットがあるのだろう。

セレブという肩書きがあっての結婚なら、姫野さんにとっても大きな信用に繋がる。

でも平凡な一般家庭で育った私がいきなり社長の奥さんなんて、周りは納得するのだろうか。

だけど今はとにかく誤解を解《と》くことの方が最優先。

しかしどのタイミングで告白しよう。そればかり考えていたのだが……。

「僕は結婚相手を肩書きや家柄でなど選んだりはしません。それに一生添《そ》い遂《と》げる人は心から愛する人と決めていましたので……それが桜さんです」

片思い婚にもかかわらず、顔が熱くなるような情熱的な告白。

本当だったらどんなに良かったことか。

実際は信用を得るための結婚なのよね……。

だけどそんな事実を知らない両親。特に母は、目はハートでご機嫌《きげん》だ。

「なんか私たちのことを思い出すわね。お父さん」

「ああそうだな」

父が大きく頷いた。

「差し支えなければお聞きしてよろしいですか」

二人の会話に姫野さんが食いついた。

「私たちは周囲の大反対を乗り越えて一緒になったんです。でもその話は桜に聞いてください。それにしても本当に桜にはもったいない。こんな素敵な人を旦那《だんな》様にできるなんて」

「いえ、それは僕の方です。こんな素敵な女性と出会えて、そして結婚できるなんて奇跡です。お許しいただけて本当にありがとうございます」

私がいつ告白しようかと悩んでいる間に、姫野さんはすっかり両親と意気投合《いきとうごう》してしまった。

すると突然、姫野さんは改まって「お願いがございます」と切り出す。

「できれば籍だけでも早く入れたいんです。もちろん、結婚式はします。ですが僕がそれまで待てないと言いますか……」

姫野さんの横顔を見るとうっすら顔が赤くなっているように見えた。

でも結婚相手は誰でも良いはずの姫野さんが頬を染めるなんて……ないない。

恐らく演技だと思うが、うますぎる。

だが両親は、顔を見合わせた。

もしかしてちゃんと式を挙《あ》げないといけないのだろうか……。

「やはりこんなわがままは……」

姫野さんにもいろいろと予定があるからか、不安げな様子だ。

「違うの。私たちはいいのよ。娘のことを思ってくれているのがすごくわかったから……でも姫野さんのご両親は娘との結婚を認めてくださっているのかしら」

そうだ。私は結婚生活のことばかり考えていたけど、姫野さんのご両親のことを何も知らない。そもそもこの結婚をどう思っているのだろう？

「そのことなら大丈夫です。両親は僕が選んだ人なら、許してくれます」

え？　会ってもいないのに、誰でもいいってこと？

「だったら一度ご挨拶に」

そう母が言ったのだが……。

「そのことなんですが、実は僕の両親は現在イギリスで暮らしておりまして」

イ、イギリス？　聞いてないよ。

びっくりして姫野さんを見ると、母はそんな私に驚いた。

「ちょっと桜、あなた何も知らなかったの？」

どうしよう。これって墓穴《ぼけつ》を掘っちゃった？

「すみません、僕が彼女に話してなかったんです」

姫野さんの話によるとご両親は十年前まで造園業を営んでいたのだが、世界的に有名なガーデニングのコンテストに出場し、金賞を受賞した。

すると海外から仕事のオファーが殺到《さっとう》。それを機に仕事の拠点《きょてん》をガーデニングの本場であるイギリスに移したというのだ。

「なので僕の両親へはこの後、報告しますが、きっと喜んでくれるはずです」

なんだかすごいことになったけど、本当に私でいいのかな？

一気に不安が募り、視線は自然と姫野さんに向いていた。

だけど、母はどう思ったのか、

「もう、桜ったら姫野さんに見惚れちゃって」

と、かなりポジティブに捉えていた。

「姫野さんのお気持ちはわかりました。こんな娘ですがよろしくお願いします」

両親が頭を下げると姫野さんは、

「必ず幸せにします」

と私の両親の前で宣言した。


「それでは失礼いたします」

実家を出た私たちは、タクシーを拾うため最寄《もよ》りの駅へと向かっていた。

本当のことを言うのなら今しかない。

「姫野さん」

「何？」

「あの……実はお話が……」

ところがここでまた邪魔が入ってしまう。

「桜、姫野さん」

母が私たちを呼びながら走ってきた。

「どうしたのお母さん」

母は手に持っていたスマートフォンを差し出す。

「これ、姫野さんのスマホじゃないかしら」

「あっ！　僕としたことが、すみません」

「私ももっと早く気づけば良かったんだけど……それよりさっきから繰り返し着信があったみたいよ」

姫野さんはスマートフォンを受け取り確認する。

「樋口《ひぐち》か……」

秘書から何度か電話があったようだ。

「ありがとうございます」

「いいのよ。二人とも気をつけてね」

「うん」

「はい」

それにしても、なんでこうもタイミングよく電話がかかってくるのだろう。

「それで、話って何？」

「はい。あの時は公香のためにって」

本題に入ろうとしたところでまた電話がかかってきた。

多分《たぶん》、姫野さんが出るまでかかってくるだろうと思った。

「姫野さん、電話……出てください」

「でも……」

「いいです。どうぞ」

電話を優先してもらった。

彼の電話が終わるまで、私は頭の中でシミュレーションしていた。

本当は公香のためじゃなく、私がそうしたかったんです。あなたのことがずっと好きだったから。

いや、もっとストレートな方が伝わるかな？

好きだから結婚を決めたんです、とか……。

いろいろ理由をつけて話すよりこの方がダイレクトに伝わっていいかもしれない。

よしこれでいこう！

「桜さん」

「は、はい」

頭の中ではいつでも告白できる準備は整っていた。それなのに。

「申し訳ない、仕事のトラブルで、今秘書がすぐ近くまで来ているらしいから話は車の中で聞くよ」

「そ、そうですか……あの、秘書の方は私たちのことを知ってるんですよね」

「ああ。でも秘書にも大恋愛の末だと話してある」

「そ、そうなんですか」

だったら話せるわけない。告白しようと思ったのに。

するとこれまたタイミング悪く、黒塗りの高級車が私たちの前でゆっくり止まった。

「乗って」

「は、はい」

私たちが乗ると車がゆっくり動きだした。

助手席には姫野さんの秘書も乗っていた。

二人は仕事の話になって、結局今日も話ができなかった。

公香の言うように、時間が経つと余計に話せなくなるって本当だ。

こうして私は好きという言葉を言えぬまま、一週間後。

内田桜から姫野桜になった。

3　新婚だけど片思い

姫野さんクラスの人ならきっと高層マンションの上層階に住んでいるのだろうと思い込んでいたが、彼の自宅は意外にも六階建ての低層マンションだった。

だけど、セキュリティーは万全だし、外観を見る限りセレブが住んでいるのだろうと思わせるほど高級感があった。

こんなところに住むことになるなんて、一ヶ月前の私は想像すらしていなかった。

先日入籍を済ませた私たちは今日から一緒に暮らすことになった。

急に決まった結婚だったので必要なものは全て姫野さんが用意してくれた。

一階のエントランスからエレベーターで五階まで行く。

あれ？　さっきお部屋は最上階と聞いていたけど、六階建てなら六階じゃないの？

でも、エレベーターの表示は五階までしかない。

じゃあ、六階って何だろう。管理施設？　と思っているうちにドアが開いた。

そして廊下《ろうか》の突き当たりの部屋の前で足を止めると、姫野さんは鍵《かぎ》を開けた。

まず目に入ったのは、大きすぎる玄関と長い廊下。

「どうぞ。今日からここが君の家だ」

「は、はい」

とても自分の家とは思えず躊躇しながら靴を脱ぎ、長い廊下の突き当たりまで行くと……。

リビングダイニングルームは私が住んでいたワンルームマンションの何個分？　と計算したくなるほどの広さ。二人暮らしにはもったいない。

でも私の胸をときめかせるものもあった。それはキッチン。

憧《あこが》れのアイランドキッチン。大きめのシンクに蛇口一つとっても素敵だ。

ここで姫野さんのために料理をし、朝はここでコーヒーを淹れて二人で朝食を食べる。

ああ、素敵すぎる。

「ベランダに出てみないか？」

「え？　あっ、はい」

ダメだ。こんな素敵な部屋をみたら都合の良い妄想《もうそう》をしてしまいそうになる。

促されてベランダに出た私はさらに驚いた。

テラコッタタイルの上に大小さまざまな観葉植物がバランスよく配置され、真ん中には木製のガーデンテーブルのセットが置かれていた。

「素敵ですね」

「大したことはないよ」

姫野さんのご両親がガーデナーだったことを私は思い出した。

きっとご両親のお仕事を間近で見ていたから、こんな素敵なミニガーデンも造れるのだろう。

実は昨夜、姫野さんのお義母様《かあ》とリモートでお話をした。

姫野さんのご両親は現在イギリスを拠点に活動なさっているため、直接お会いすることはできない。

そのため、ご挨拶もネットを使ったリモートで行ったのだが、本当に大らかで、笑顔が素敵なご両親だった。

姫野さんの好きな食べ物や苦手なもの、あとは小さい頃のエピソードなど、たくさん聞かせてくれた。

昨日もリモートでお話をしたらおいしい紅茶《こうちゃ》を送ると言ってくださった。

その時に、お義母様から、

「あの子はとても不器用《ぶきよう》な子だから、あなたが支えてあげてね」

とお願いされた。

もちろん支えてあげたい。だけど、本当のことを言えないまま新婚生活が始まろうとしている。

本当に大丈夫なのだろうか……。

リビングに戻ると、彼は上を指さした。

マンションとは思えないほどの高い天井。シーリングファンが回っている。

すごいなと思わず口をポカンと開けて見ていると、

「それじゃない。こっち」

と言って指さしたのは、なんと階段。

マンションなのに二階があるの？

これでなぜエレベーターに六階がなかったのかがわかった。

「あの……二階があるのは」

「この階の部屋だけだよ。気に入らない？」

「と、とんでもないです。素敵すぎて驚いていただけです」

やっぱり会社の社長さんというだけあって、住んでる部屋も格段《かくだん》に違う。

インテリアもセンスがいい。

「二階に行くよ」

「は、はい」

階段を上ると部屋が三つあった。

「ここが寝室で、ここが君の部屋ね」

寝室と聞いて一瞬ドキッとしてしまった。でも私たちは夫婦だし寝室があって当たり前よね。

姫野さんは寝室の隣《となり》を指さした。

「はい」

私の部屋だと言われてドアを開けると、ダブルサイズのベッドが置かれていた。

「君の好みがわからなくて。パステル系にしてみたけど、嫌なら変えてくれていいから」

あれ？　ちょっと待って。

さっきこの部屋の隣が姫野さんの寝室だと言ったが、この部屋にもベッドがある。

これって寝室は別々ということ？

「どうかした？」

新婚なのに寝室が別って……。

私は軽くショックを受けた。

と同時に、都合《つごう》の良い妄想はあくまで妄想で、現実には起こらないと思い知る。

「いえ、私の部屋を作ってくれたんだと思って……」

そういうのが精一杯《せいいっぱい》だった。

「好きでもない男と同じ寝室じゃ眠れないだろ？」

公香の言っていた言葉の重みをこんな形で知ることになるとは……。

「そ、そうですよね」

もう今更、好きだと言えるタイミングを完全に失った。

すると姫野さんがこちらを見て……いや、怒ってる？

「姫野さん？」

名前を呼ぶと表情が戻った。

「あっちの奥の部屋がウォークインクローゼット。君の分も空けてあるから自由に使ってくれ」

「はい」

「他に質問は？」

「いえ……」

「じゃあ、僕はホテルに戻る。多分帰りは遅くなるから、ご飯は先に済ませてくれてかまわない。無理して待たなくてもいいから」

新婚初日から別々なんて……あまりにも寂しすぎる。

「でも……」

「でも何？」

「待ってます！」

結婚初日から一人なんて寂しすぎる。

「どうして？」

なんで、質問で返してくるの？

「入籍したお祝いをしたいんで」

式は本当にするのか正直わからないけど、私にとっては一生に一度のこと。お祝いくらいしたって罰《ばち》は当たらないだろう。

だが姫野さんの表情がフッと暗くなる。

「無理しなくていいよ」

なんでそんな悲しそうな顔をするの？　悲しいのは私の方なのに……。

「無理なんかしていません。私たち夫婦ですよね。手料理を作って待ってますので」

すると姫野さんは私の頭に手を当て優しく撫でた。

「わかったよ。でもあまり遅くなるようなら先に食べていいから。じゃあ、もう行くから」

「はい」

なんで冷たいことを言ったかと思えば、今度は優しくするの？

彼の考えていることがわからなくなる。

いや、そうじゃない。

わからないからこそ、これから始まる二人の生活の中で、本当の彼をみつけるんじゃない。

私は玄関に向かう姫野さんの後についていく。

だが、またも嫌そうな顔をされた。

「まだ何かあるの？」

「お見送りです」

今、私にできることはこんなことぐらいだ。少しでも奥さんらしくしたいし、姫野さんに笑顔になってもらいたかった。

「行ってきます」

姫野さんが口元を緩ませた。

こんな表情ずるい。相思相愛《そうしそうあい》なら迷わず抱き着いていたところだ。

だから今できるとびきりの笑顔で「いってらっしゃい」とお見送りをした。

ドアが閉まると急に胸がドキドキしだす。

単なるお見送りなのに「いってらっしゃい」という言葉がすごく特別な言葉に思えた。

これで両思いならキスとかするんだろうな～、と妄想しては顔を熱くさせた。

それにしても新婚初日からいきなり独りぼっちというのは寂しい。

私は気を取り直し、自分の部屋に入った。

元々あったベッドなのか、それとも私のためにわざわざ用意したものなのかは定かではないが、予想と全く違う展開に戸惑う。

『好きでもない男と同じ寝室じゃ眠れないだろ？』と彼は言ったが、本当は好きでもない女と同じ部屋で寝たくないの間違いでは？

どちらにしたって私の片思い。そう、これは片思い婚なのだ。

そもそもこうなってしまった一番の原因は私にある。

でもここまで来たら悩んでも仕方がない。

好きな人とこうして同じ屋根の下で暮らせるだけで奇跡なんだから。

気を取り直しまずは冷蔵庫をチェック。

だが……。

「ない。本当に何もない」

だって本当に何もないんだから。姫野さんって普段何を食べてるの？

違う。きっと高級レストランとか高級寿司《すし》店で食べているに違いない。

食事は全て外食なのかもしれない。

そう思うと不安が過《よぎ》る。

どうしよう。そんな人に向かって料理を作って待ってるなんて大口をたたいてしまった。

料理の腕は自慢できるものではない。

もちろん、料理はするけど、SNS映《ば》えするような料理は作ったことがない。

母の作る料理を見よう見まねで作ったものが自分のレパートリーになっていて、基本茶色《ちゃいろ》い料理が多い。一人で作る料理に彩りとか考えたこともなかったからだ。

さあどうする私。

とりあえず今日は万人《ばんにん》受けしてあまり失敗のないものにしよう。

料理の腕はこれから上げていけばいいし、今はクッキングアプリもある。

とりあえず買い物リストを作り、買い物に行くことにした。

ところがここで問題が発生した。

なでしこ商店街なら安くて新鮮な食材があって、買い物にも困らないが、ここは高級住宅街と呼ばれている区域。

走ってる車、歩いている人。店。どれもなでしこ商店街にはいないタイプだ。

スーパーマーケットも、見るからに敷居《しきい》が高そうだ。

無理。怖くて店に入れない。

庶民からいきなりセレブ生活への憧れは多少あった。

シンデレラストーリーっていうやつよ。

そう思うとシンデレラって、急に生活環境が変わり、いきなりセレブになっちゃって、ストレスを感じなかったのだろうか？

愛する人と一緒にいるから、生活に大きな変化があっても乗り越えられるというのならいいかもしれないけど、私の場合愛する人に片思い中。

大恋愛の末のハッピーウエディングとは程遠い。

スーパーの前で暫《しば》らく立っていた私だったが、やっぱり慣れ親しんだなでしこ商店街が恋しくて、高級スーパーを素通りして駅に向かった。

最寄《もよ》りの駅から電車で十五分。それから徒歩二分。

見知った顔や店の空気、やっぱり落ち着く。

私は必要なものをマイバッグ二つ分買い込んだ。

これも仕方がない。姫野さんのキッチンには調味料類がほとんどなかったから。

それにしても重い。

本当は寄るつもりはなかったけど、休憩したくて「Waterloo」に入った。

案の定、伯父はなんで来たんだって顔で出迎えてくれた。

だけど事情を説明すると、苦笑《にがわら》いされてしまった。

「確かに結婚すると生活環境がガラッとかわるが、そんなのは誰だってそうだ。元は他人。多かれ少なかれみんな慣れるまでに時間はかかるもんだよ」

確かにそうだけど……本当に慣れるのかな？

「でも、お前がセレブって……柄《がら》じゃないな」

「もう、完全否定しないでよ」

でも、伯父と話をして少し気持ちが楽になった。

「そうだ、今日はちょっと用事があって店を閉めるから、近くまで送ってってやるよ」

「本当？　助かる～」

「今日だけだぞ」

「うん」

伯父に送ってもらって帰宅すると、私はさっそく料理に取りかかった。

旬《しゅん》の野菜を使ったサラダ。伯父から教えてもらった鶏肉《とりにく》の煮込み料理。それとアサリ料理。

これは名前がわからないんだけど、魚屋のおじさんから教わったもので、砂抜きしたアサリをフライパンに入れてふたをして火にかける。それだけ。

酒蒸《さかむ》しのようにお酒を入れるわけではなく、アサリ本来の味を引き立たせる料理で、とてもおいしい。

これは出来立てが最高においしいので姫野さんが帰ってきたら作るつもり。

準備を整え、ふと時計に目をやると十九時を過ぎていた。

やることもなくなったし、テレビでも見ようとソファに座り、テレビをつける。

それにしても全てがビッグサイズというのだろうか、テレビもソファも、テーブルも、何もかも大きい。

リビングの広さに対してのサイズ感はいいけれど、こんな大きな部屋に私一人っていうのは寂しいものだ。

今までは座っていても全てが手の届くところにあったんだっけ……。

いつかこの生活に慣れてしまうのかな？

その後も、落ち着かなくて部屋の中を見学することにした。

クローゼットは綺麗に整理されていて、私のスペースも広く確保してくれているが、服はそんなに持っていない。

すると私のスマートフォンから着信音が鳴った。

びっくりして落としそうになったのは、姫野さんからの帰るコールだと思ったからだ。

だけど……。

『新婚生活はどう？』

公香だ。

「どうもこうも、一人ですが」

無駄に緊張して損した気分だ。

『えー？　でも今日から一緒に暮らすんでしょ？』

仕事に行った、と告げると電話の向こうから大きなため息が聞こえた。

こっちがため息をつきたい気分だけど公香は話を続ける。

『仕方ないよね。私の忠告を無視したんだから』

「無視したわけじゃなくて、タイミングが合わなくて」

『だったらあの手しかないんじゃない？』

「あの手って何？」

公香はこんなことだろうと思って電話したというのだが、あの手と言うのは……。

「色仕掛《いろじか》け!?」

思わず声が上ずってしまった。

『そう。これしかないよ。言葉で愛を表現できなきゃ態度で表現するしかないでしょ』

態度ね〜。

「ありがとう、頑張ってみるよ」

『頑張れ！　桜』

電話を切ると、ガクッと肩を落とす。

頑張ってみると言ったものの、色仕掛けなんてハイレベルなことできるわけがない。

公香が応援してくれるのはすごく嬉しいし、彼女がいなければ今こうしてこの部屋にいることはなかっただろう。

だけど、色仕掛けは無理。

再度時計を見ると間もなく二十一時になろうとしていた。

彼が帰ってくる気配もないし、お風呂に入ることにしたのだが……。

——広い、広すぎる。そしてなぜガラス張りなの？

とても素敵なお風呂だけど、これは絶対に恥ずかしい。

お風呂に入る時は姫野さんがいない時を狙うか、彼が寝た後しかない。

それにしても昨日まで住んでいたワンルームマンションのバスルームとは月とスッポン。

足も伸ばせるし、窮屈《きゅうくつ》じゃない。

今までの生活が一変し、自分の足が地についていないようなふわふわとした感じがする。

お風呂から出てリビングに戻り、電話かメールがなかったか確認する。

「あっ！」

姫野さんからのメールだった。

それだけで胸がドキドキしてしまう。
でもメールは
《もう少し帰りが遅くなる。待っていなくていい》
という新婚初日とは思えない堅く寂しい文面だった。
待たなくていいっていうのは、先に食べていていい。
なんなら先に寝てもいいと言っているようだ。
絶対に嫌。
どんな理由であっても私たちにとって今日は新婚初日。
言い方を変えれば、この日は二度とない。
遅くなって日付が変わろうが、絶対に待って一緒にご飯を食べたかった。
だから私は、何時になってでも待ってますと返事をした。

「桜……桜」

名前を呼ばれてパッと目が覚める。

いつの間にか私はソファで眠っていたらしく、姫野さんに起こされてしまった。

時計を見ると、二十三時を過ぎたところだった。

「ご、ごめんなさい。いつの間にか眠ってしまって……」

自分がいつ寝たのかさえ覚えていない。

「こんなところで寝ていたら風邪《かぜ》をひくからベッドで寝た方がいい」

――え？

寝た方がいいって……できれば待っててくれてありがとうって言って欲しかった。

だけどそんな言葉を望むのは贅沢《ぜいたく》なことなのかな。

「寝ません。言いましたよね。食事を作って待ってるって……お口に合うかわかりませんが一緒に食べませんか？」

いらないといわれるのが怖くて、ソファから立ち上がると返事も聞かずキッチンに入り、作っておいた鶏の煮込み料理を温め、冷蔵庫からサラダを出しテーブルに置く。

そしてフライパンを用意し、アサリを入れ、殻《から》が完全に開くまで火にかけた。

すると、姫野さんがキッチンに入ってきた。

「姫野さんは座っていてください。それともお風呂に入られますか？」

「桜」

余計なことをするなと怒られるのではないかと視線を落としながら「はい」と小さく返事をする。

「ありがとう。待っててくれて嬉しかった」

優しい声に顔をあげると姫野さんの笑顔があった。

――どうしよう。すごく嬉しい。

「そんなの当たり前です。私は姫野さんの妻なんですから」

勢いあまって偉そうな言い方をしたものの、内心心臓はバクバクだった。

姫野さんの妻だなんて言っちゃって、恥ずかしい。

「そうだな」

と彼が微笑んだ。

これってなんか本物の夫婦みたいでドキドキしちゃう。

「あ、あの……先にお風呂入ってきてください。それまでに準備できるので」

姫野さんは「そうするよ」と言ってバスルームへ向かった。

「は～ドキドキした」

胸に手を当て深呼吸をした。

公香は色仕掛けでってアドバイスしてくれたけど、その必要はないかも。

明らかに昼間とは違い、手ごたえを感じたかも。

私は嬉しさのあまり小さくガッツポーズをし、食事の準備をした。

出来上がった料理を運んでいると、お風呂上がりの姫野さんが洗い晒《ざら》しの濡れた髪をタオルで拭きながらリビングに入ってきた。

――どうしよう。色気がダダ洩《も》れじゃない。

この姿を私が独占《どくせん》できると思うとドキドキして胸が高鳴る。

姫野さんは首にタオルを巻いたまま、テーブルに並べられた料理を覗き込んだ。

「おいしそうだな」

「お口に合うか……どうぞ座ってください」

姫野さんは椅子に手をかけたが、

「ちょっと待って」

と言うとワインセラーからワインを取り、テーブルに置いた。

「グラス持ってきて」

「はい」

向かい合うように座ると姫野さんはワインを開けようとした。

オープナーを出し忘れたことに気づき席を立とうとすると、

「これスパークリングワインだから、何もいらないよ」

カバーを外し、コルクをゆっくりと押し上げると、ポーンと弾《はじ》けるような音とともにコルクが抜けた。

グラスに注ぐとシュワッと炭酸の弾ける音が聞こえる。

姫野さんはボトルを置くとグラスに手をかけた。

私も続いてグラスを持つ。

「遅くなってすまなかった。これからよろしく」

「私こそお願いします」

カチンとグラスを重ね乾杯《かんぱい》。

甘すぎず、辛すぎず程よい甘さと炭酸の刺激が口の中で広がる。

「おいしい」

「だろ？　俺の好きなやつなんだ」

姫野さんは満足そうに微笑んだ。そして食事を始めた。

どんな反応が返ってくるか気になって目で追ってしまう。

サラダはいいとして、煮込み料理と例のアサリはお口に合うだろうか。

「いかがですか？」

黙々と無言で食べていた姫野さんの箸《はし》を持つ手が止まった。

そして満面の笑みを浮かべ、

「おいしい。どれもすごくおいしい」

と言ってくれた。

お世辞でもおいしいと言われるとすごく嬉しくて、作った甲斐《かい》がある。

「僕の食べてる姿を見ていないで、君も食べたら?」

「は、はい」

正直言って、こんなに普通に食事とかできるとは思ってもいなかった。

「あの……姫野さんは苦手な食材とか料理ってありますか?」

姫野さんは上目遣《うわめづか》いで私を見ると小さなため息をつき、箸《はし》を置いた。

「苗字で呼ぶのやめない?」

「え?」

「君も戸籍上は姫野だよ。僕は君を名前で呼んでるんだから、君もそうしてくれ」

そうよね。私ったらすっかり忘れていた。

「わかりました」

隼人さんは満足そうに頷くと話を続けた。

「それと今日みたいにこんなに遅くなることは滅多《めった》にないが。あまり遅くなるようなら先に寝ててくれ。その方が僕も助かる」

「はい……」
私を心配してくれてこその言葉なんだろうけど、待っていたいと思うのは私のわがままなのかな……。

食事を終えたのは、日付が変わった頃だった。
「おやすみ」
「おやすみなさい」
私たちはそれぞれの部屋で寝る。
これが今の私たちのリアルだ。
せっかく楽しく食事ができたけど、私たちの距離は全く変わってはいない。
割り切るしかない。いや、この距離をなんとしても縮めなければ。
と思ったものの、新婚初夜が別々って、悲しすぎる。
私はモヤモヤしながらベッドに横になった。
絶対に眠れないと思ったのだけれど……。
久しぶりに飲んだワインが、私を眠りに誘い、意外にもすぐに眠ってしまった。
そして私は不思議な夢を見た。

夢の中に出てきたのは隼人さん。

緑が広がる公園のような場所に私と隼人さんの二人きり。

彼の服装はスーツではなく、Tシャツに体のラインが綺麗に見えるパーカーと細身のパンツにスニーカー。

髪の毛も無造作《むぞうさ》な動きがあり前髪も下ろしている。

そして二人で手をつなぎながら芝生の上を歩く。

彼の手の感触は想像していたよりも柔らかく、指もすごく長くて爪の形がとても綺麗。

欠点を探しても全く見つからないことに嫉妬《しっと》さえ感じてしまう。

私たちは大きな木の下で一緒にお弁当を食べた。

それから隼人さんは私の淹れたコーヒーを飲み、私はその横で読書をしていた。

すると隼人さんが眠たくなったと言って私の膝《ひざ》に頭を乗せた。

私を見上げる優しい瞳《ひとみ》に、ドキドキしてしまい恥ずかしさを隠すために本で顔を隠す。

だけど気になって本を目の下まで下げ隼人さんの様子を見ると、気持ちよさそうに眠っていた。

私は彼の頭を優しく撫でる。男の人の髪の毛って硬いイメージだったけど隼人さんの髪の毛は柔らかかった。

そのうち私まで眠くなって隼人さんを膝枕しながらゆっくりと目を閉じた。

どのくらい経っただろう、唇に当たる柔らかい感触に目を覚ますと、寝ていたはずの隼人さんが私にキスをしていたのだ。

驚く私に「目が覚めた？」と彼が覗き込む。

「不意打ちはずるいです」

夢の中の私は口を尖らせているが、内心嬉しそうだ。

しかもキス慣れしているのか、あまり驚いていない。

リアルな私ならびっくりして気絶するところ。夢ってすごい。

隼人さんはクスッと笑うと、私の顎に手をかけ顔を近づける。

「じゃあ、不意打ちじゃないキスをしてあげる」

重なり合う唇《くちびる》は柔らかく、彼の熱を直に感じる。次第に高揚感《こうようかん》が増し、体中が熱を持つ。

だけどこれで終わりではない。

私の口をこじ開けるように彼の舌が入ってきたのだ。そして互いの舌《した》を絡《から》めたり、歯列《しれつ》をなぞったり、とにかく未知の領域に入った私は軽いパニック状態。

だけど彼の腕が逃がさないとばかりに私の体をしっかりとホールドしていた。

と同時に、キスはさらにエスカレートし、私は彼についていくのに必死で呼吸の仕方を忘れてしまいそうになる。

その一方で好きだという気持ちが溢《あふ》れてくる。

好き、すごく好き。どうしようもないくらい好き。

こんな気持ちになったのはキスのせいなの？

夢か現実か忘れてしまうほどだった。

だけど息が荒くなってどうしようもなくなった頃、彼の唇が離れた。

ほっとしながらも、終わっちゃったという寂しさを感じる。

そんな私を優しく抱きしめ、

「次はこれではすまないよ」

とおでこにチュッとキスをし、優しく頭を撫でられた。それが心地よくて、徐々に瞼《まぶた》が重くなって……ってところでパッと目が覚めた。

見えたのは隼人さんではなく、真《ま》っ暗《くら》な天井だけ。

「夢か……」

だけど驚くほど胸はドキドキし、自分の見た夢があまりにもエッチで恥《は》ずかしくなる。

「もう、恥ずかしすぎる」

新婚初日に見た夢が濃厚《のうこう》キスって……。

それにしてもあの唇の感触はあまりにもリアルすぎた。

唇に手を当てると、夢なのにまだキスの感触が残っているように思えてならなかった。

でも夢は夢。

あんなトロ甘なキスをすることはないだろう。

もちろん夢の中で言っていた「次」もない。

急に現実に引き戻され気持ちがどんよりするが、睡魔《すいま》には勝てず目を閉じた。

翌朝、カーテンを開けるとリビングから眩しいほどの朝日を浴びた。そして大きく背伸びをする。

結局、自分がいつどのくらい寝たのか覚えてない。

覚えているのは妙にリアルだった濃厚キスの夢と虚《むな》しさだけ。

――もう、朝から何、思い出してるのよ！

気持ちを切り替えるように私はキッチンに入りコーヒーを淹れる。

厚切り食パンに切れ目を入れてトースターで焼く。途中でバターを乗せてもう一度トースターへ。

これにミニサラダと茹《ゆ》で卵を添えて朝食は完成。

私はお店の開店時間に間に合うように出勤するため茹で卵だけを食べ、急いで支度を整える。

するとコーヒーの匂いに誘われたのか、隼人さんが起きてきた。

「おはようございます。朝食の用意はできているので食べてください。私はもう行かないといけないので」

「ありがとう。いつもこんなに早いの？」

「いえ、前は店の真上に住んでいたのでもう少し遅かったですけど」

「そうか……悪かったな」

「いいえ」

「じゃあ行ってきます」

「ああ」

玄関で靴を履《は》いていると隼人さんがいることに気づく。

「ご飯《はん》冷めちゃいますよ」

すると隼人さんは極上の笑みを浮かべ、私の手を掴《つか》み自分の方に引き寄せほっぺたにチュッとキスをした。

「行ってらっしゃい」

「い、行ってきます」

部屋を出ると、大きく深呼吸した。

こんな不意打ち心臓によくない。

もちろんこんなことでいちいちドキドキしている私もよくないけど……。

ただpremiumさっきのキスの感触が夢と同じだった。

もちろん、こんな経験隼人さんだけだから、そう思えたのかもしれないけど……。

私は火照《ほて》った顔を手で扇ぎクールダウンさせながら店へと向かった。

店に着くと早速、開店準備に取りかかる。

モーニングにつけるサラダを作り、茹で卵は大きな鍋でたくさん茹でる。

開店すると、常連客がモーニングを食べにやってくるのだが……。

実は私が結婚したことはまだ誰も知らない。

相手があのマクダーモンホテルの社長ということと、スピード婚ということもあり、タイミングを見計らって公表しようと、伯父と決めたのだ。

「そういえば、うちの隣の水野《みずの》さんとこの娘さん結婚が決まったらしいよ」

「祐美《ゆみ》ちゃんか？」

「そうそう。もうすぐ三十だからと随分心配していたみたいだが、どうやらおめでたみたいだ」

「今はそういうの多いな。デキ婚って言うんだろ？　昔じゃ考えられなかったけどな？」

朝からなかなか濃い話をしている常連さん。

「お待たせしました。モーニングプレートです」

コーヒーとバターたっぷりのトーストとミニサラダに茹で卵ののったモーニングプレートを置く。すると常連のおじさんたちが一斉に私を見た。

「そういえば桜ちゃんもお年頃だけど……」

彼氏はいるのか？　と聞きたいのだろう。

これは話しかけられる前に退散《たいさん》しなきゃと思ってたのだが、

「桜ちゃん」

「は、はい」

常連客の遠藤《えんどう》さんに呼び止められた。

「うちの息子と会ってくれんか」

「え？」

「マスターに桜ちゃんに彼氏はいるかって聞いたら、いないって言ってたからさ」

――ちょっと待って。それいつの話よ。

「そ、そうなんですか」

ここで結婚しましたって言うべきなのかな？

「うちの息子は四葉銀行《よつばぎんこう》に勤めてるんだけど、女の人と話すのが苦手で今まで浮いた話も全くなくて、このまま一生独身じゃないかって不安でね。桜ちゃんと年齢も近いし、会ってみる気はない？」

どうしよう。まさかこの流れで縁談話が来るなんて。

もちろんできるわけがない。

こう見えても人妻なんだから。と言えたらいいけど……。

私は助け舟を求めるように伯父を見た。

「遠藤さん、桜はダメだよ」

伯父さんはグラスを磨きながら答えた。

「え？　なんでよマスター」

遠藤さんが椅子《いす》から立ち上がる。

「確かにあの時はいないって言ってたけど、ずっと思いを寄せている男性がいるんだよ……だよな？　桜」

「そ、そうなんです。ごめんなさい」

遠藤さんは露骨《ろこつ》に大きなため息をつきながら椅子に座った。

「なんだー。だったらもっと早く声をかけときゃよかったな？」

「ごめんなさい」

「いやいや桜ちゃんが謝る必要はないよ。それよりせっかくのおいしいトーストが冷めちまう」

寺田さんが間に入ってくれた。

「ごめん。押し付けるようなことを言ったら本当のことは言いにくくなるよな。今の話はもう忘れてくれ」

「そうだよ」

公表するのをもうちょっと後にしようと決めた途端にこんな話が出るとは……。

「桜」

伯父が呼んだ。

「何？」

「実はな、今みたいな話はお前のいないところでも何度かあったんだ。最近はその度断っていたけど……遠藤さんには伝わってなかったみたいだな」

「え？　そうなの？」

初耳だった。

「だって桜は、前から姫野君のことが好きだっただろ？」

確かにそうだけどそれを伯父に言ったことはなかった。

「バレバレだったぞ」

私は恥ずかしくなってトレイで顔を隠した。

結婚生活は思い描いていたような甘く、とろけるような日々とは程遠いというか、ドライ？　居候《いそうろう》？　ルームシェア？

どの言葉も当てはまるようで、当てはまらないようで曖昧《あいまい》だ。

夕食は一緒にとるけど、寝室は別だ。

結婚前から唯一《ゆいいつ》変わらないのは、彼の会社にコーヒーを届けること。

今日はその日で、いつものように準備をしていた。

だけど今日持っていくのはコーヒーだけではない。伯父が常連のお客さんから老舗の芋羊羹《いもようかん》をいただき、隼人さんに持ってってあげなと言ってくれた。

ここの芋羊羹は私も大好き。特にコーヒーとの相性《あいしょう》が抜群なのだ。

食べやすいように一口大に切ってそれを小さな保存容器に入れると、私はマクダーモンホテルへと向かった。

社長秘書の樋口さんに挨拶する。

「こんにちは。社長がお待ちですよ」

「はい」

「どうぞ」

樋口さんがドアを開けてくれた。

「コーヒーをお持ちしました」

「ありがとう」

結婚前から全く変わらない優しい声。

私はこの声に何度も胸をときめかせていた。

それは今も変わらないし、この先も……。でもその思いは未だ彼には届いていない。

いつものようにコーヒーカップに温かいコーヒーを注ぐ。

「姫野さん」

仕事中だから敢えて今まで通り名字で呼んだが、「隼人でいい」と言われてしまう。

「隼人さん。甘いものはお好きですか？」

パソコンの画面から私に視線を移すと「嫌いじゃないが」と答えると視線を戻す。

「差し入れで芋羊羹をいただいたんで、持ってきたんです」

私はバッグの中から羊羹を取り出した。

それを楕円形の木製のお皿に置き、竹のようじを添え、コーヒーと一緒に邪魔にならないところに置く。

「お待たせしました」

隼人さんはパソコンを打つ手を止めるとコーヒーを飲んだ。

目を瞑って香りを楽しみコーヒーを味わう。

そして飲んだ後にゆっくりと目を開ける。

「おいしいな」

コーヒーを飲んでホッとした彼の顔を見ると、私まで嬉しくなる。

続いて芋羊羹を一口。一瞬目を見開くも、満足しているのか小さく頷きながら味わっている。

「私、ここの芋羊羹が大好きなんですよ」

交換用の水筒をバッグに入れ、帰り支度をする。

「じゃあ、今度一緒に買いに行こうか?」

「え?」

一瞬、自分の耳を疑った。

それってデートってことなの? いや、この場合買い物?

どちらにせよ、結婚してまだ一ヶ月にも満たないけど、二人で出かけたことは一度もない。

だから不意に誘われて嬉しいのと、素直に嬉しいと言っていいものなのかと言葉を選んでいると、

「やっぱり好きでもない夫と出かけるのは嫌か?」

トーンを抑えたちょっと冷たい言い方。

また誤解させてしまった?

「いえ、嬉しいです!」

本当は嬉しさを体全体で表現したいぐらいなのに、どうも嬉しさの前に照れが入って自分の気持ちを素直に出せない。

その結果が告白もできず、こうして勘違いされ続けている。

だが隼人さんの顔が一瞬にして柔らかくなった。

「そうか。お世辞でも嬉しいよ」

「お世辞なんかじゃないです」

これ以上誤解されたくなかった。

「せっかく出かけるのなら他にもいろいろと買い物とかしたいです」

今言える精一杯のリクエストだった。

隼人さんがとても嬉しそうに「わかった」と言って、コーヒーを口に運んだ。

まだ夫婦としては未熟だけど、こうやって少しずつ誤解を解いて、いつか本当の夫婦になれたらいいのにな。

そんなことを思いながら帰ろうとしていたその時だった。

なんだかドアの向こう側が騒がしく感じる。

思わず隼人さんと顔を見合わせた。

秘書の樋口さんと女性の声。言い合いというか揉《も》めているようにも感じた。

隼人さんは座ったままドアの方に向かって「騒がしいぞ」と少し大きめの声をあげた。

すると勢いよく社長室のドアが開いた。

ロングヘアーのスレンダーな美女が、鋭い表情でハイヒールの音をコツコツと鳴らし颯爽《さっそう》と中に入ってきた。

その後ろから秘書の樋口さんが「申し訳ございません。社長」と言いながら入ってきた。

女性は隼人さんの机の上に勢いよくバンと手を置く。

私はびっくりして身を縮めるように後退した。

隼人さんはというと、表情一つ変えずコーヒーを飲んでいる。

「一体どういうことよ」

怒りのこもった女性の声。

「これはこれは大崎《おおさき》様、アポなしでしかも秘書を押し退けてくるとはいかがなものかと？」

「結婚したって聞いてないわよ！」

隼人さんの嫌味など物ともせず、感情のまま言葉を吐く女性。

一体この人とは隼人さんはどんな関係なの？

まさか愛人ってことないよね。隼人さんの方をチラリと見ると、先ほどと全く表情を変えないどころか、再びコーヒーを飲んでくすくす笑い出したのだ。

どうしてこんな状況で笑えるの？

「さすが大崎様、もうご存知とは」

「私の情報網をなめないでちょうだい。いつ結婚したのよ。結婚相手は？　どこのご令嬢よ」

「申し訳ございませんが、個人情報ですので」

やんわりと断るが、大崎という女性は全く納得できないのか腕組みをすると、怒りの矛先《ほこさき》を私に向けた。

「ちょっと、この女は誰よ。こっちは大事な話をしているのよ。樋口さん彼女をここから出して頂戴《ちょうだい》」

「大崎様、この方は——」

隼人さんがそう言いかけた樋口さんを制するように小さく首を横に振ると、申し訳なさそうに頭を下げ樋口さんは一歩下がった。

隼人さんはゆっくりと立ち上がると鋭い眼差しを大崎さんに向けた。

「大崎様、いくらあなたが『あおばフード』の社長令嬢とはいえ、今の言い方はいかがなものかと思いますが」

その表情は今まで見たことのないほど冷たく、怒りを必死に堪《こら》えているようにも見えた。

「あら、私何か変なこと言ったかしら？」

鼻で笑い人を見下すような傲慢《ごうまん》な態度。

「彼女は私の妻です。この女呼ばわりされるのは心外です」

「え？」

大崎さんは顔を歪《ゆが》めた。そして私を上から下へと品定めするような目で見ると突然大きな声で笑った。

「もう、姫野さんも冗談がキツすぎますわ。私をここから早く追い出したいためだけにその女を使うなんて」

大崎さんの後ろで聞いていた樋口さんは拳《こぶし》を強く握りしめていた。

きっと言いたいことがあるのだろうけど、隼人さんに止められてるから我慢しているのだろう。

でも普通に考えたら大崎さんの言う通りだ。

隼人さんほどのハイスペックな人に近づけるのは、立派《りっぱ》な肩書きのある女性。

彼の隣に並んでもひけをとらず、堂々《どうどう》として華《はな》のある女性だ。

大崎さんに限らず、何も持ってない私が隼人さんの奥さんだなんて誰も認めないだろう。

私が彼の妻であることは冗談の域なんだと思うと胸が痛くなったが、それが現実なのだ。

すると隼人さんが私に「おいで」と優しい声で言って手招きした。

戸惑いつつも遠慮がちに彼に近づくと、隼人さんは私の手を掴み、引き寄せた。

「冗談なんかじゃないですよ。彼女は僕の妻の桜です」

私が慌てておずおずと会釈《えしゃく》すると、彼女の表情が険しくなる。

「こんなカフェの店員みたいなのがあなたの奥さんなの？」

「みたいじゃなくカフェで働いてますよ。いつも僕のためにおいしいコーヒーを淹れてくれる最高の女性です」

大崎さんが私を睨む。その高圧的な目が怖くて下を向く。

「本当にそうかしら。なんというか即席？　だって彼女ガチガチじゃない。本当に夫婦なのかしらね」

いけない。

これって私のぎこちない態度が原因？

だけど大崎さんの言っていることはあながち間違ってはいない。

一緒に暮らしているけれど夫婦といっても形だけ。

こうやって抱き寄せられるのも初めてで落ち着かず、それを指摘されても仕方がない。

すると隼人さんは私を包み込むように抱きしめた。

と同時に微《かす》かだがフッと笑い声が聞こえ、私は思わず彼の顔を見上げた。

隼人さんも私の方を見て満面の笑みを浮かべた。

「そんなに証拠が見たければお見せしますよ」

隼人さんは抱きしめる手を緩めると、私を見つめた。

そして細く長い指で私の顎をクイッと上にあげた。

閉じかけた目と長い睫毛《まつげ》が近づいてくる。

こんな至近距離で彼の顔を見るのは初めて……って悠長《ゆうちょう》に観察する余裕など全くなく、これから何が起こるのかが二人の距離の近さに鈍感な私でもわかってしまった。

近づいてくる唇は抵抗する猶予《ゆうよ》も与えず私の唇を塞《ふさ》いだ。

これが私の人生初のキスだと隼人さんはわかっているのだろうか。

しかも二人きりではなく、大崎さんという女性と秘書の樋口さんの目の前だ。

キスの始め方も終わり方もわからない私の唇は彼の言いなりになっていた。

夢ではないリアルなキスは、離れることを知らないねっとりと濃厚なものだった。

角度を変え互いを確かめ合うように重なる唇から伝わる熱は、私の心も体も熱くさせ、このままだとのぼせてしまうのではと思うほどだった。

そんな状態なのに彼はさらにレベルアップするように舌を絡めてきた。

互いの舌が絡み合うと今まで感じたことのない大きな波のようなものが押し寄せてきた。

うまく呼吸ができず、つかまるように彼にしがみつく。その時だった。

「もう結構よ！」

大崎さんの声とともに私の口内をかき乱していた彼の舌と唇が離れ、キスの終わりを告げた。

「これでおわかりいただけましたか？」

隼人さんは唇が離れた瞬間、濡《ぬ》れた唇を手の甲で拭《ぬぐ》いながらパッと切り替えたが、
私はそうではない。

全身の力が抜け切って、かろうじて立っている状態だった。

いくら仲の良さをアピールするためのキスとはいえ、なんで体が溶けちゃうようなキスができるの？

そもそも私に対して愛情なんてないんでしょ？

言っていることと、やっていることのギャップに心が騒ぐ。

すると大崎さんが口を開いた。

「あなたほどの人がどうして？　わざわざこんな人を選ばなくてもあなたの周りにはもっとふさわしい人がいるじゃないの」

確かにそうだと思う。

彼は誰でもよかった。結婚して社会的な信用が欲しかっただけなのだから。

だが隼人さんは反論する。

「大崎様の言うふさわしい人とはどういう人のことを言うのでしょうか。セレブとか言うんじゃないでしょうね」

「そう思っちゃいけないかしら？」

大崎さんの言葉に隼人さんは鼻でフッと笑った。

「あなたを見ていると、生まれた時から何不自由なくわがまま放題に育てられ、困ったことがあっても自分で解決しようとせず、すぐに誰かを頼るように見えるんです。どういうわけか僕の周りにはそういう女性ばかりが近づいてくるんですよ。どうしてでしょうね？　でも生憎《あいにく》私はそういう女性が一番苦手なんですよ」

そして隼人さんはさらに私を強く抱きしめた。

「でも彼女は違う。努力を怠《おこた》らず、周りを笑顔にさせてくれる。強くもあり、愛《いと》おしくもある彼女に僕は心底惚れたんです。きっと彼女より僕の愛の方が大きいと思います」

大崎さんの目を真っ直ぐ見て、甘い言葉を堂々と言い切った彼の目は真剣で、本心なのではと錯覚《さっかく》してしまうほどだった。

これが嘘だとわかっているのに、彼の言葉に私の鼓動《こどう》は早鐘を打つように騒ぎ出していた。

だがそんな隼人さんの言葉に大崎さんは納得するはずもなく、握り拳を強く握り、私を睨んだ。

そして隼人さんに視線を戻す。

「冗談じゃないわ。じゃあ、私がこの女に負けたというの？　私と結婚したらこのホテルは今以上の大きな成果をあげられるのに……」

「勝ち負けの問題じゃない。確かにあなたと結婚したらそういったメリットはあったかもしれない。でも利益やお金のために結婚して互いに幸せになれますか？　僕は、もしあなたと結婚したとしてもお金だけの繋がりしかないと思った。……それじゃあ互いに傷つくだけだと思い、お断りしたんです」

え？　ってことは、この大崎さんって女性も隼人さんの縁談のお相手だったの？

でも結婚という信用がほしいだけなら大崎さんでもよかったはずよね。

なぜ断ったの？

今言ったことが本心なの？

だったらどうして私と結婚したの？　ダメだ、頭が混乱してきた。

すると大崎さんは大きな声で笑い出した。

これには私も驚いてしまった。

「あーあ。ばかばかしい。あなたは頭の良い人だと思っていたけど、私の見込み違いだったわね」

「ご期待に添えず申し訳ございません」

深々と頭を下げる隼人さんを大崎さんは唇を噛《か》み締め悔しそうに見下ろす。

そして最後の抵抗とばかりに「フン！」と言って回れ右をした。

「樋口」

隼人さんは樋口さんに大崎さんをお見送りするようにと指示する。

樋口さんはドアを開け、指示通り大崎さんをお見送りするため退室した。

ドアが閉まると隼人さんは椅子にどかっと座りコーヒーを飲む。

「すっかり冷めてしまった」

半分以上残っていたコーヒーが、突然の訪問者のせいで常温程度の温度に戻ったと
隼人さんはため息をついた。

「温かいのに交換しましょうか？」

「いや、このままでいい」

本当は聞きたいことは山ほどあるのに、どうしても肝心なことが聞けない。

これは大崎さんを納得させるためのお芝居に過ぎないとわかっていても、キスの感触が生々しく残っていて、少しでも思い出すともう胸がドキドキしてしまう。

これは店に戻った方がいい。

私はバッグを肩にかけた。

「それでは――」

「彼女は君のお友達との縁談の前の相手だったんだ。丁寧《ていねい》に断ったつもりだったが、

申し訳ない」

突然、彼が話し始めて驚いた。

「いえ……」

気にしていません。と言えたらいいのに私は言えなかった。

「そう？　聞きたくて仕方ないって顔してるけど」

「え？」

私は慌《あわ》てて手で頬を押さえる。

「何が気になる？」

どうしようかと迷った。でもきっと、このままなんでもないと答えてしまっても、一人になると悶々《もんもん》としてしまう。

「どうして……大崎さんと結婚しなかったんですか？　信用が欲しくて結婚したかったのなら彼女でも良かったんじゃないんですか？」

隼人さんは椅子から立ち上がると、私に背を向けるように窓の外の景色を眺めた。

「大崎さんと円城寺さんは同時期に話が来たんだ。確かに社会的信用欲しさに結婚をしようと思ったけど、彼女と円城寺さんのどちらかを選べっていったら迷いなく円城寺さんだった。それだけのこと」

私に背を向けた隼人さんがどんな表情をしているかわからない。

だけど一つだけわかるのは、私が身代わりになったことは隼人さんからしたら不本《ふほん》意《い》だったってことだ。

公香のためにと言いながら自分のわがままで、今私は彼の妻になっている。

きっとさっきのキスも私を褒めることも、彼にとっては全て仕方なくやっていることなのかもしれない。

「ごめんなさい」

私は彼の背中に向かって謝った。

「え？　なんで謝るの？」

「だって……寝室だって別で形だけの夫婦なのにキスなんかさせてしまって。私がもっと早く帰れば大崎さんと会うこともなかったし……」

あんな嘘をつく必要もなかったのでは？

「嫌だった？」

「え？」

「キス」

「それは……」

嫌なわけがない。
人生初めてのキスの相手が大好きな隼人さんだったんだもん。
私には贅沢すぎる。でもそんなことを正直に話せない。
「あの場合致し方ないと……」
きっと隼人さんはそうだよね、と言うと思っていた。
だが違った。
「君は本当に……大人だね」
褒められているのか、それとも呆れられているのか……。
私は正直言って彼のことがわからない。
好きでもない相手となんであんなとろけるようなキスができるの？
大人なのは隼人さんの方なのに……。

4　新婚だけど初デート

私と隼人さんが結婚して一ヶ月が経った。

新生活にも慣れて、安定した日々を過ごしているが、夫婦としての距離は相変わらず代わり映えのない毎日。

言うまでもないが今も寝室は別。

ただ、最近同じような夢を週に一、二回見るようになった。

毎回同じ夢。でも悪夢ではない。

隼人さんとキスする夢だ。

目が覚めると妙に感触だけが唇に残っていて、一人ドキドキしている。

この話を公香に話したらお腹を抱えて笑われてしまった。

「もう、完全に欲求不満なんじゃない？」

反論もできないのだ。

大好きな人と同じ屋根の下に住んでいて、戸籍上では妻なのにキスといえば大崎さんが乱入してきた時の止むを得なかったキスだけ。

そこに愛は……なかったと思う。もちろんあれからリアルで一度もキスされたことはない。

認めたくはないが公香の言うことは冗談でもないのかもしれない。

でも、それ以外は普通というか喧嘩《けんか》もしないし、私の作った料理を毎度おいしいと言って残さず食べてくれる。

といっても一緒にご飯を食べるのは晩ご飯のみ。喧嘩するほど、二人で過ごす時間はない。

なんというか友達以上恋人未満の夫婦？

例の芋羊羹も未だ買いに行けていない。

別に一人で買いに行けるけど、私がちょっと意地になっているだけ。

とにかく私が思い描いていた新婚ラブラブ生活のラの字も出てこない。そんな感じだ。

でもそれも仕方がないことかもしれない。

高級ホテルの社長である隼人さんのお休みは不定期。

宿泊客はＶＩＰと呼ばれる人も多く、私が働いている真向かいの喫茶店の窓からすごい高級車や海外の要人を乗せた車が見えることがある。

やっぱりマクダーモンホテルってすごいよ。

私の中の社長と呼ばれている人って、社長室の椅子にでんと座って部下に指示を出したり、書類にサインしたり印鑑《いんかん》を押したりするイメージしかなかったが、思った以上にハードだし、人と会ったりする機会もすごく多いみたい。

きっとストレスを多く抱えていると思う。

本当だったら私が全力で癒してあげたいところだけど、私といることでよりストレスが溜まってしまっては本末転倒だ。

だからせめて週に二回の配達ではおいしいコーヒーを飲んでもらいたい。

いつものようにコーヒーを届けにマクダーモンホテルへ向かっている時だった。

ホテルの前の歩道で三人ぐらいの大人が、地面に顔を近づけて何かを探していた。

「どうかされました？」

声をかけると近くにいた男性が、

「あの女性がコンタクトを落としてしまって」

と言いながら必死に探している。

「私も探します」

コーヒーの入ったバッグをホテルの入り口横の花壇の近くに置くと、膝をついて探す。

コンタクトレンズって目を凝らさないと本当にわからない。

じーっと見つめているとちょうど私の斜め前にそれらしいものを発見。

「あった！」

大きな声を上げ、コンタクトを拾い立ち上がると、探していた人たちが顔を上げた。

「コンタクトありました」

すると一人の女性が駆け寄ってきた。

「ありがとうございます」

「いいえ。見つかって良かったです」

するとスーツを着た男性も近づいてきた。

「良かった。本当にすみませんでした」

どうやら二人がぶつかった際にコンタクトが外れたらしい。

「いいえ。私も行けなかったんで」

二人はお互いに謝っている。

思った以上に時間がかかってしまった。時計を確認すると、隼人さんにコーヒーを届ける時間が迫っていた。隼人さんは忙しい方だから遅刻はできない。

私はバッグを持ってその場を立ち去ろうとしたのだが、

「もしかして内田桜？」

女性に謝っていた男性が声をかけてきた。

「そう……ですが……」

誰だろう。うちの常連さんではないし、フルネームで呼ばれるのは久しぶり。

「やっぱり桜だ、俺だよ俺、神谷《かみや》」

神谷……永嗣《えいじ》くん。

名前を聞いた私は、顔を上げ彼の顔をもう一度見て驚いた。

「神谷くん……なの？」

「久しぶり」

神谷永嗣。彼は高校二年の時に三ヶ月だけ付き合った人で、初カレだった人だ。

シャープな輪郭にキリッとした眉とくっきり二重。右目の下のほくろが印象的で、笑顔の素敵な人だ。

彼は学校内でも一位二位を争うほどのイケメンで、女子が彼に告白しているのを私は何度も目撃していた。

だが彼はその誰とも付き合うことはなかった。

よっぽど理想が高いのだろうと思っていたのだが……。

「内田さんって今彼氏とかいる？」

最初は人をからかっているのかと思った。

私はクラスの女子の中でも比較的大人しい方で、男子と会話をすることはほとんどなかった。

もちろん彼氏がいた経験だってないし、好きな人もいない。

そんなこと、クラスメイトなら大体わかることなのに……。

「いないけど？」

「じゃあ、俺立候補していい？」

何を言っているのか全く理解できず、首をかしげる私に神谷くんは、

「俺と付き合ってって言ってるの」

彼のくっきりとした二重に見つめられ、ドキッとしたもののその言葉をまともに受け取れるわけもなく……。

「罰ゲームなんでしょ？　悪いけど——」

「違うよ。罰ゲームとかじゃない。本気の告白だって」

神谷くんは頭を抱えそのまましゃがみ込んだ。

それでも私は信じられず、

「ごめんなさい。聞かなかったことにする」

と言って帰ろうとしたのだが、神谷くんはしゃがんだまま私の腕を掴んだ。

「内田さんの座っている時の姿勢がすごく綺麗で、俺……何度も見入っていた。そのうち内田さんってどんな人だろう。姿勢がいいのは習字？　いやお茶？　気になり出したら止まらなくなっていて、そしたらもっともっと気になって、気づいたら――」

「もういい！」

好きになったきっかけが姿勢？　ますます信じられない。

「いや、俺の本気が内田さんに伝わってないし」

神谷くんは延々と私のどこを好きになったかを説明しだした。

その真剣な様子に根負けした形で、

「私、誰かを好きになったことがなくて……だから付き合うとかよくわからないんだけど、それでもいいの？」

この時の私はそれほど深く考えていなかった。

元々男友達と呼べる人がいなかったから初めてできた男友達程度にしか考えていなかった。

だがこれは大きな間違いだった。

超イケメンでモテモテ君を彼氏に持った私の生活は一変した。

付き合っていることを誰にも知られたくなくて、交際は秘密。

同じクラスだったけど、学校にいる間はほとんど会話はなし。

一緒に下校するなんてもってのほか。

話をするのはメールか電話。話もパッと浮かんでこないから私の方がほぼ聞き役。

こんなつまらない私のどこがいいのか……そればかり考えていた。

今思えばなんてもったいないことをと思うのだろうが、その当時の私に彼氏という存在は早すぎたのだと思う。

それでも神谷くんは私に不満を漏《も》らすことはなかった。

だけどそれが却って私には荷が重かったのかもしれない。

どんなに優しくされても、好きで好きで彼のことばかり考えてしまうような気持ちにまでは至らなかった。

デートも二回ほどで、手を繋ぐこともなかった。もちろんキスだって……。

結局三ヶ月で私の方から終止符を打った。

今思えば、かなり失礼で自分本位だったなと思う。


濃紺の細身のスーツにビジネスバッグ姿の神谷くんは、人目を引いていた。

オーラはあの時と変わらない。

それに引き換え私はチェックのシャツにカーキ色の短めエプロンにジーンズ。キャンバス地のスニーカーにトートバッグ。

同じ高校を出ても進んだ道の差が服装だけでわかる。

気づかないわけだ。

「お元気そうで……」

「桜も元気そうだね。もしかして買い物の途中？」

買い物？　確かにこの服装なら買い物と間違われても仕方がないかも。

「ううん。私あそこの伯父の喫茶店で働いてるの」

店を指さすと、

「喫茶店？　って、もしかしてあの店って」

神谷くんは随分驚いた様子だ。

「そう」

「そうなんだ」

神谷くんは感慨《かんがい》深そうに頷いた。

その表情で彼があの店のことを忘れていなかったことに気づく。

だが、神谷くんと思い出に浸る時間はなかった。

「じゃあ、私はこれで」

軽く会釈してホテルの裏口へ向かおうとした。

「え？　ちょ、ちょっと待って！」

神谷くんに呼び止められる。

「何？」

「いや、これからどこに行くのかなって……」

私は手に持っていたトートバッグを胸の位置まで上げ、

「コーヒーの配達なの」

と言ってホテルを指さした。

「え？　そうなんだ」

ホテルに喫茶店のコーヒーを配達するのが不思議に思えたのだろう。目を丸くさせ驚いた様子で私を見るが、私は内心焦っていた。

「うん。でもごめんなさい。私急いでるので」

私は手を合わせ、ペコッと頭を下げその場を去ろうとした。ところが再び呼び止められた。

「何？」

「いや、僕も仕事でここに来たんだ。途中まで一緒に行こう」

「え？」

今度は私の方が驚いてしまった。

一緒に歩きながら通用口へと向かう。

神谷くんは食器メーカーの営業でここにきたらしい。

社員用のエレベーターのボタンを押すと時計を確認。

――どうしよう。十五分の遅刻。

今まで遅刻なんかしたことなかったから隼人さん心配してるかな？　それとも怒ってるかな？

だがエレベーターはまだ上りを示し、一階に降りてくるにはしばらく時間がかかりそうだ。

「ところでどこまでコーヒーを運ぶの？」

これって正直に言うべきなのかな？　と躊躇したが
「……社長室なの」

降りる階でバレるかと思ったので正直に答えた。

「え？」

「それより神谷くんは？　食器だからレストランの方との打ち合わせか何か？」

あまり自分のことを話したくなくて、別の話に切り替える。

「ああ、ブライダル用の食器を一新するらしくてね、その打ち合わせ」

「そうなんだ」

「ああ、だけど今日は社長も同席するからすごく緊張してる。そうだ、社長ってどんな人？」

夫ですって堂々といえたらいいけど、身代わりという後ろめたさがあり、

「とても仕事熱心な方」

と答えた。

「そうかー。でもさ、なんで配達してるの？　カフェもレストランもあるのに」

「それは――」

その時だった。私のスマートフォンが鳴った。

ポケットから取り出し確認すると隼人さんからだった。

「もしもし」

『今どこ？』

「すみません。今エレベーター待ちです」

するとスマートフォン越しにため息が聞こえた。やっぱり遅刻したことを怒ってるんだ。と思ったが、そうではなかった。

『そうか。いや。今までこんなことなかったからちょっと心配になったんだ』

「ごめんなさい。途中でコンタクトを落とされた方がいて、一緒に探してたんです」

私のことを心配してくれたことが嬉しくて胸がキュンとしてしまった。

『そうか。悪いがこれから大事な打ち合わせがあって席を外す。コーヒーは樋口に渡しておいてくれ』

「はい」

遅刻したことはよくないことだけど『心配になったんだ』という彼の声が聞けて口元が緩んでしまう。

電話を切って緩んだ口元を引きしめていた時だった。

「桜?」

神谷くんに呼ばれた。

「はい?」

「エレベーターが来るよ」

「あっ、はい」

エレベーターが開き、たくさんの人が降りてきた。

入れ替わるように乗り込んだのだが、私と神谷くんの二人きりだ。

「あのさ、久しぶりに会えたし、今度食事でもどう?」

「へ?」

突然のお誘いにびっくりすると、神谷くんは苦笑いをした。

「やっぱり元カレと食事とか気まずいかな?」

確かにそれもそうだけど、身代わりとはいえ一応結婚してている身。だけど、知っているのはごくわずか。

だからなんとなく言いにくかった。

「……うん……」

「ごめん、久しぶりに会えてちょっと有頂天《うちょうてん》になってた」

――有頂天？

返す言葉に困っているとエレベーターが止まって、内心ホッとした。

「じゃあ、また」

「うん。また」

次はいつ会えるかわからないあやふやな約束だった。

だがエレベーターの扉が閉まりかけた時、神谷くんがそれを手で押さえるとドアが開いた。そして再び中に入ると開のボタンを押した。

「神谷くん？」

「ごめん、一つ言い忘れたことがあって」

「何？」

「今度桜の店に行くよ」

「え？」

「客なら断れないだろ？」

確かに断れない。

「桜の淹れたコーヒーを飲みに必ず行くから」

神谷くんが手を振った。

私もそれに応えるように手を振った時だった。

神谷くんの後ろを隼人さんが横切ったのだが、そこで思い切り目があってしまった。

「桜？」

神谷くんが私を呼んだ。

「ごめん。わかった」

神谷くんは閉のボタンを押すとエレベーターから降りた。扉が閉まると、私は一人になった。

隼人さん、なんだかすごく驚いた顔をしてた。

私が神谷くんと話をしてたから？　いや、そんなことないでしょう。

社長室の前で樋口さんが私を待っていた。

「すみません。遅くなっちゃって」

「いいえ。コーヒーをお預かりいたします」

コーヒーの入った水筒を樋口さんに渡して、交換用の水筒を受け取った。

「それでは失礼します」

「奥様」

「は、はい」

私のことを奥様と呼ぶのは樋口さんだけ。だけど全く慣れない。多分、ずっと慣れないと思う。

「社長より伝言をお預かりしております。どうぞ」

「は、はい」

何だろう。

口頭《こうとう》では言えないこと？

恐る恐る渡されたメモを開く。

【仕事が終わったら迎えに行くから店で待っていてくれ】

何か用事でもあるのかな？

「樋口さん」

「はい」

「彼……何か言ってました？」

樋口さんは首を横に振った。

「わかりました。それじゃあ失礼します」

今までこんなこと一度もなかったのに……。

「ただいま～」

「おかえり。遅かったな。何かあったか？」

「ちょっとね、あのさ――」

隼人さんと待ち合わせをしていることを言おうとしたのだが、伯父が先に言った。

「お前にハガキが来てるぞ」

「え？　ハガキ？」

「いい加減住所変更しろよ。新しい入居者が決まったら困るぞ」

「ごめんなさい」

転居後住所変更をしなきゃいけなかったのだが、すっかり忘れていて、伯父が定期的に郵便受けをチェックしてくれていたのだ。

伯父から受け取ったハガキは同窓会の案内だった。

二年の時の担任の先生が定年退職するらしく、そのお祝いを兼ねてクラス会を開くというのだ。

高校の時のクラス会は、成人式の一週間前に一度やったきり。

「横山《よこやま》先生定年なんだ？」

「クラス会か。行くのか？」

どうしようかな。すごく行きたいとまでは思っていないけど、横山先生にはすごくお世話になったから会いたい気持ちはあるし……。

その前に隼人さんが許してくれるだろうか……。

「ちょっと考えてみる」

私はエプロンのポケットにハガキをしまった。

「伯父さん、今日なんだけど、もしかすると少し早く上がるかもしれないんだけど……いいかな？」

「なんかあるのか？」

「隼人さんと一緒に帰るの。だから連絡がくるまでは仕事するけど、もし閉店時間前だったらごめん」

「いいよ。姫野くんも忙しい人だからお前とゆっくりする時間もないんだろ？」

「ありがとう」

だがその後、隼人さんからの連絡はなかった。

「桜、姫野くんから連絡ないのか？」

「うん。仕事が忙しいのかもしれない」

気づけば店の閉店時間の十八時になろうとしていた。

メールしてみようかと思ったけど、ここで待っててと言われているし、急《せ》かすような真似はしたくなかったので、我慢して一人店で待つことにした。

真向かいにあるマクダーモンホテルを窓際の席から眺める。

外はすっかり暗くなり、客室には明かりが灯《とも》っている。

隼人さんはどこから出てくるのだろう。

社長さんだから正面から？　いや、裏からかもしれない。

連絡がないか何度かスマートフォンを確認するが、彼からの連絡はない。

もしかして今日、私が遅刻したから、待たされるということがどんなことかをわからせるためわざと？

次第に変な方に考えてしまっていた。

いや、わざわざメモを書いて渡すぐらいだから……ってあー、もうよくわからない。

私は頬杖をつきながら、いつ現れるかわからない隼人さんをひたすら待っていた。

「まだかなー？」

時計を見ると十九時をとうに過ぎていた。

これだけ遅く、メールもできないということは、もしかすると仕事でトラブルがあったに違いない。

だとしたら日を改めたっていい。私のことで彼に負担をかけたくない。

今日は疲れたのでまた今度と断ってしまえばいい。

私はスマートフォンを取り出し
《今日は疲れたのでまた今度にしませんか》

と打った。後は送信ボタンを押すだけ。

すると勢いよく店のベルがチリリンと鳴り、誰かが入ってきた。

「ごめん。遅くなって」

焦った様子で入ってきたのは隼人さんだった。

私は咄嗟《とっさ》にスマートフォンを隠した。

「そんなことといいんです。仕事で忙しかったんですよね」

だが隼人さんは小さな声で「いや、違うんだ」と答えた。

仕事じゃなかったら今まで何をしていたの？

隼人さんは私に大きな紙袋を差し出した。

「悪いがこれに着替えてくれないか？」

「え？」

よくわからないが、紙袋を受け取り中を覗く。

だが薄紙で包装されていて中身は見えない。

「悪いが、車を待たせているから早く着替えてくれないか？」

「は、はい」

「僕は店の外で待っているよ」

そう言うと隼人さんは店を出た。

家に帰るだけなのになぜ着替えなきゃいけないのだろう。

あっ！　もしかして私が隼人さんと並ぶのは不釣り合いだから？

彼はスーツで私はジーンズ。

確かにバランスが悪い。

私は店の奥へ移動し、紙袋から薄紙で包んだ服を出した。

「ええ？　すごくかわいい……」

それは襟の大きく開いたフレンチパフスリーブのワンピースだった。

少し光沢《こうたく》のある生地に大きな紺色の花の刺しゅうが施され、派手すぎないが目を引くデザインだった。

私は着替える前に体に当ててみる。

――似合うかな？

だが紙袋の中に入っていたのはそれだけではなかった。

パンプスと、同色の小ぶりのハンドバッグも入っていた。

確かに今履いてる靴はキャンバス地のスニーカーで、ワンピースには合わない。

でもどうしてここまでしてくれるの？

ただ帰るだけなのよね……。

疑問を残しながらも、待たせてはいけないと急いで着替えた。

襟は大きく開いており鎖骨《さこつ》が綺麗に見える。

丈も膝下でバランスがいい。

鏡がないから確認できないけど私にはもったいないほど素敵なワンピース。

パンプスのサイズもぴったりだ。高いヒールを履かないことを知っているからなのか、低めのものを選んでくれていた。

私のことを思って買ってくれたの？

まるでシンデレラにでもなった気分に胸が高鳴る。

着替えを済ませた私は店の照明を落とし、急いで店を出た。

「お待たせしました」

振り返った隼人さんは、一瞬目を見開いたかと思うと黙って私を見つめた。

「隼人さん？」

名前を呼んだ途端口に手を当て、視線を逸《そ》らす。

――もしかして似合ってない？

だってこういう服はそう、あの大崎さんのようなお嬢様の方がしっくりくる。

カジュアルな服を好む私には、こういうワンピースは浮いて見えるのだろう。

「ごめんなさい」

「なんで謝るんだ？」

隼人さんが不思議そうに私を見る。

「だって似合ってませんよね」

スカートを摘《つま》んで少し上に上げながら上目遣いで隼人さんを見る。

「似合ってるよ」

隼人さんはそう言うが、取ってつけたような言い方。

「お世辞はいいです。せっかく用意してくださったのに申し訳――」

「お世辞じゃない！」

「じゃあ、なんで目を逸らしたんですか？　逸らしてしまうほど似合ってないんですよね？」

なんで私はこんなにムキになっているのだろう。

似合わないのは私に責任があるのに……。

「それは違う」

慌てたように否定した。

「すごく似合ってて……見惚れてしまったんだよ」

ぶっきらぼうに言うと、私に背を向けた。

――今なんて言ったの？

私は自分の耳を疑ってしまった。

だって今までコーヒー以外で褒められたことなどなかったからだ。

もちろん、両親たちに挨拶した時はいいこと言ってくれたけど、あれは結婚を許してもらうためのお芝居であって本心じゃない。

だから信じられなかった。

「とにかくそういうことだから。それより車を待たせているから行こう」

「は……はい」

私たちは待っていた車に乗り込んだ。

改めて思うが、タクシーに乗ってマンションへ向かうだけでなぜおしゃれをするのだろう。

そもそもエレベーターで他の住人に会う可能性は低い。

まさかクレームでもあった？　品位を疑うとか？

だが、車はマンションの前を通り過ぎて行った。

え？　なんで？

「隼人さん」

「何？」

「何って、マンション通り過ぎてますけど」

「わかってるよ」

隼人さんは表情一つ変えない。

え？　じゃあどこへ？

車は十階建のビルの前で止まった。

隼人さんは先に降りると私の手を取った。

なんだか気恥ずかしくて、ぎこちない動きで車から降りる。

雑居《ざっきょ》ビルのようだけど、どこへ向かおうとしているのかさっぱりわからない。

でもそれ以上に気になっていたのは私の手だ。

車を降りる時に隼人さんが私の手を取ってくれたのだが、今もそのままの状態。

そう、私たちは手を繋いでいるのだ。

彼がどうして手を離さないのか気になるけど、恋人っぽくてすごくいいからこの手を離したくないっていうのが本音だ。

手を繋いだままエレベーターに乗ると隼人さんは最上階のボタンを押した。

「隼人さん」

「何？」

どこへ向かっているのか聞いたところだが、きっと隼人さんは教えてくれないと思う。

それでもエレベーターという密室での緊張感を少しでもやわらげたくて、

「どこに行くんですか？」

と尋ねてみたが……。

「秘密」

予想通りの返事だった。

「ねぇ、教えてよー」

って甘えられたらいいのに……こんなに近いのにすごく遠い。

エレベーターを降りた隼人さんが「こっち」と指さしたのは重そうなドアだった。

そのドアを開けると階段がある。

「この上だから」

私たちは階段をのぼり、その先にあるドアを開けたら、想像通り屋上だった。

だけど、なぜこんなところに？

隼人さんに「さあ、入って」と促され、言われるがまま一歩外に出た私の目に映ったのは、一面緑でいっぱいの屋上庭園だった。

まず目に入ったのは大きなオベリスク。淡いオレンジ色のバラが満開を迎えていた。

その周りには色とりどりの草花や、ハーブが植えられている。

右に目を向けるとパーゴラがあり、その下にはガーデンテーブルとイス。

左にはアンティークレンガで囲ったポタジェガーデンがあり、花や野菜がバランスよく植えられていた。

「ここは、俺の両親が手掛けた庭なんだ」

「え？　そうなんですか！　すごく素敵です」

ライトアップされた屋上庭園に私は見惚れてしまった。

何より隼人さんのご両親の手掛けた庭を実際に見られたことが嬉しかった。

落ち着きのある色合い。無造作に植えられているようだけど、ちゃんと計算されて作られている。

ポタジェには料理に使えそうなハーブが植えられている。

バラも小さなものから大輪まで色のバランスを考えた配置だ。

「本当に素敵です。もっといい言葉があればいいんだけど、うまく言えなくて……本当に素敵で……」

「このビルのオーナーが管理してるんだけど、知り合いってことで自由に使っていいと言ってくれてね……今日はケータリングを頼んだんだ」

隼人さんはパーゴラを指さした。

ケータリング？

彼の指す方を見ると、シェフとアシスタントの女性が私たちに会釈した。

「え？　じゃあここで食事を？」。

「普通にレストランでもと思ったが、こういうのもいいかと思って」

隼人さんは照れているのか、私にではなく植物に話しかけているようだった。

それにしても本当に驚いた。

こういうのをサプライズって言うのよね。

隼人さんが私のために してくれたことが嬉しくて、ドキドキが止まらない。

「夢みたい。私なんて隼人さんの足をひっぱってばかりなのに……」

「それを言ったら僕も一緒だよ。忙しくてなかなか君との時間がとれなくてすまなかった」

「そんなこと気になさらないでください」

気持ちだけで胸がいっぱい。

だがさらに驚いたのは……。

「それと芋羊羹を買いに行く約束も果たせてないから、今日はそのお詫びも兼ねて」

隼人さんは約束を忘れていなかった。

すると再び手を差し出された。

「席までご案内します」

隼人さんは私の手を取り、私を席までエスコートしてくれた。

ガーデンテーブルにはテーブルクロスがかけられ、真ん中にはキャンドルが灯されていた。

「リクエストを聞いたらサプライズにならないから、料理はこちらで勝手に決めさせてもらったが」

「ありがとうございます」

嬉しさのあまり両手で口を押さえる私を見て隼人さんがクスッと笑った。

どうしよう。自然な笑顔が素敵すぎる。

「じゃあ、お任せで」

隼人さんがシェフに伝えた。

「かしこまりました」

まずスパークリングワインで乾杯をすると、サラダが出てきた。

ベビーリーフにクレソン、ルッコラ、ペパーミント。それに生ハム。

ドレッシングはお店特製のドレッシングらしいのだけれど……。

「おいしい～」

野菜は採《と》れたてのように新鮮で、生ハムの塩味も強くなくドレッシングが引き立っていて、そのおいしさに私は頬に手を当てた。

「こちらのサラダですが、あちらに植わっているものを使用してます」

女性スタッフに教えてもらい、さらに驚いた。

でもこんなにおいしいのはきっと新鮮だからというだけではない。

大好きな人と一緒に食べるからおいしさも倍になるのだ。

続いてフォアグラと伊勢海老《いせえび》のソテー、和牛ひれ肉のステーキとおいしい料理が次々と運ばれる。

でもおいしい料理をいただけるほど私は隼人さんの役に立っているのだろうか。

もちろん私は隼人さんが好きだから、すごく楽しいけど、隼人さんは好きでもない私と一緒にディナーを楽しんでいるのだろうか。

ついネガティブなことを考えてしまう、フォークを持つ手が止まってしまう。

「どうかした？」

「なんだかすごく贅沢で……もったいないというか……」

隼人さんはフォークとナイフを置いた。

「ここまでジェットコースターのような速さだったよね。突然決まった結婚。二人で過ごす時間もあまりなくて、ゆっくり話すこともなかったが、君には感謝している」

「感謝するほどのことはしていません。逆に足を引っ張ってるんじゃないかって……」

「君はよくやってくれているよ」

間髪《かんぱつ》をいれずに返ってきた言葉が彼の本心のようで、胸が熱くなる。

するとタイミングよくデザートが運ばれてきた。

アールグレイのシフォンケーキのアイスクリーム添え。

さっぱりした味わいと濃厚なバニラがたまらなくおいしい。

「あ〜〜。本当においしい。これならいくらでも食べられちゃう」

心の声のつもりが知らぬ間に声に出ていた。

しまった。と思った時には遅く……。

「本当に君はおいしそうに食べるね」

「ごめんなさい」

隼人さんはクスッと笑いながら首を横に振る。

「そんなことないよ。それよりよかったらちょっと歩かないか?」

「はい」

席を立つと、私たちは庭園を散策《さんさく》することにした。

アーチ型のオベリスクには淡いオレンジの小さなバラとベビーピンクの小ぶりでかわいらしいバラが咲いている。

「本当に綺麗ですね」

「両親が日本を発つ前に手掛けた庭なんだ。もう十年経つけど、ここまで丁寧に手入れしてバラもここまで大きくなったんだ」

「バラは難しいって聞いたことがあります」

隼人さんは、歩きながら丁寧に花の育て方の説明をしてくれた。

アーチを潜《くぐ》って花の咲いてる場所へ移動する。

するとちょっと変わった花が目に入った。

「隼人さん。あの花、花びらが反ってて真ん中が膨《ふく》らんでる」

「ああ、あれはエキナセアっていうんだ」

「エキナセア……」

初めて聞く名前だ。でも元々花には詳しくない……。

「この膨らんだ部分はドライフラワーにもなるんだ」

「じゃあこれは？」

「これはチェリーセージ」

「じゃあこれは？」

「ルッコラ」

どうしたんだろう。スパークリングワインのせいか、私はいつになくお喋《しゃべ》りになっていた。

だけど隼人さんは私の矢継《やつ》ぎ早《ばや》の質問に全て答えてくれる。

それに引き換え私ったら本当に何も知らなすぎて恥ずかしい。

「どうかしたのか？」

「隼人さんって花に詳しすぎます」

「いや、それは親がやってたことを横で見ていただけで」

「でもなんかずるいです。私なんて全然ダメダメで……」

「そんなことは――」

「あっ！　これ知ってる」

どうせお世辞を言うのだろうと思ったから、私はそれを遮るようにしゃがんだ。

それは青い花びらが五つついたかわいらしい花。

「ブルースター」

彼が花の名前を口に出した。

「ああっ！　ずるい。私の好きな花なのに」

隼人さんがクスッと笑った。

なんで好きかって？

濃い青や鮮やかな青い花は見たことがあっても、水色の花は見たことがなかったから、初めてこの花を見た時、そのかわいらしさに感動した。

だからお花屋さんでこの花を見かけるとつい買ってしまうほど一番好きな花なのだ。

でも隼人さんに先手《せんて》を取られて正直悔しい。

私は立ち上がると隼人さんの方を向いた。

「じゃあ、隼人さん。ブルースターの花言葉知ってます？」

それは勢いというか、私の方がこの花には詳しいということを示したくて出た言葉だった。正直深い意味などなかったのだが……。

「さすがにそれは……」

男性、女性問わずだが、花言葉は知っている人の方が断然少ないし、きっかけがなければずっと知らないままだ。

私もこの花が好きじゃなかったら知らなかった。

「幸福な愛、信じ合う心ですよ」

得意げに言った後にハッとする。

なんか今の私たちの関係とは真逆？

まるで自分の願望を口にしているみたいじゃない。

隼人さんは黙って私を見ている。

なんだか恥ずかしくなって、ポタジェのある方へ移動しようとしたその時だった。

「幸福な愛、信じ合う心か……今僕たちに一番足りていないものだな」

私と同じことを思っているの？

隼人さんは望んでいるの？　私は……。

「そうですね……」

ここでなんて答えたらいいの？

「幸福な愛とはどういうものなんだろうな」

「愛する人が側《そば》にいるだけで幸せだったり、相手を思い、その人のために何かできることに幸せを感じることなのかって……思います」

私は彼に好かれていないけれど、今こうやって一緒にいられることはある意味幸福な愛なのかな……。

すると彼が私の手をそっと握ってきた。

びっくりして彼を見ると穏やかな笑みを浮かべていた。

「幸福な愛というのが君の言うような意味なら……僕は今幸福な愛を感じているのか

もしれない」

「え？」

ちょっと待って。なんで？　隼人さんは私のことなんてなんとも思っていないのでは？

驚きのあまり言葉を失う私を他所《よそ》に、隼人さんは話を続ける。

「結婚なんて信用を勝ち取る手段としか思っていなかったのに……」

彼が私を引き寄せ、反対の腕は私の腰に回した。

「隼人さん？」

「君のおいしそうに食べる姿、花を見てはしゃぐ姿、そして君のそのはにかんだ笑顔に僕はすごく……」

彼の顔がグッと近づいてきた。

「は、隼人さん？」

どうしたの？　いつもの隼人さんじゃない。

だって今のってまるで私のことが好きみたいな言い方じゃない。

「すごく愛おしいよ」

これは花言葉のせい？　それとも幻想的なナイトガーデンのせい？

気づけば私はライトアップされた二人だけの庭園で彼とキスをしていた。

彼の舌が私の口を割って入るとふわっとお酒の味がした。

——もしかしてお酒のせい？

そう思ったのも束《つか》の間《ま》。彼の舌が私の唇の中で動いている。

そして知り尽くしたかのようにピンポイントで刺激を与える。

初めての時もそうだった。

隼人さんから与えられるキスは私の足元をふらつかせる。

「んっ……んんっ」

呼吸なのか、それとも与えられる熱に感じてなのか、自分の意思とは関係なしに声が漏れる。

まだシェフがいるんじゃないの？

恥ずかしさのあまり体に力が入るが、角度を変えながら何度も唇を重ねられる。

「桜……」

名前を呼ばれ、彼に求められていることに胸が熱くなる。

たとえ仮初《かりそめ》のキスだとしてもいい。

私にとって今この瞬間が、幸福な愛を感じられる瞬間なのだから。

だが、それは時間にするととても短いものだった。

まるで魔法が解けたかのように、唇の感触が消えた。

「すまない。お酒を飲みすぎたようだ。好きでもない男からこんなことをされて嬉しいわけないのにな」

お酒のせいにしてほしくなかった。

「……そんなことないです」

絞り出すように隼人さんの言葉を否定した。

だが、その声は思いのほか小さく、

「え？ 今なんて？」

と聞き返されてしまった。

もしかしたら今が自分の気持ちを伝えられるチャンスかもしれない。

だっていくらお酒のせいとか言っても、嫌いだったらキスなんかしないはず。

彼を真っ直ぐ見て、気持ちを伝えようと口を開いたその時だった。バッグから着信音が聞こえてきた。

なんでこんな時に電話が……でも告白できるチャンスを逃したくない。

だが、それを邪魔するかのように電話は鳴り続けている。

「電話が鳴ってるよ」

隼人さんがバッグを指さす。

「そうですね……」

「出た方がいいんじゃない？」

──わかってるけど……こんな時に。

「すみません」

バッグからスマートフォンを取り出す。公香からだった。

私はオベリスクのある方へ移動した。

「もしもし？」

『やっと出た。その後彼とはうまくやってる？』

今まさに電話が鳴る前までうまくいきそうな予感はした。

と言いたいところだったがそこはグッと堪えた。

「これと言って大きな進展はないよ」

『そっか〜。ところでさ、同窓会の案内が届いたんだけど、桜のとこにも届いた？』

「うん、届いてた」

そうだ、同窓会があるんだった。すっかり忘れていた。

そこでハッと思い出した。

隼人さんとの時間が楽しすぎてすっかり忘れていた神谷くんとの再会を。

『桜は出席する？』

あまり乗り気じゃないけど、横山先生の退職祝いを兼ねてってことだから、どうしようかと思っていた。

「正直迷ってる。行けば近況報告会になるでしょ。そういうのがちょっと面倒で」

素直な気持ちを話せるのも公香だけだ。

『確かにね～。特に桜の場合、旦那が社長と知ったら同窓会じゃなく記者会見みたいになりそうだね』

記者会見なんて大袈裟《おおげさ》な気がするけど、容易に想像がつくから厄介だ。

「公香はどうするの？」

『私は……さっき由美《ゆみ》と和恵《かずえ》から誘われて、桜も誘っておいてって言われたんだよね』

「そうなんだ」

どうしよう。

『だったらさ、結婚したこと伏せておけばいいじゃん』

「え？」

『彼氏はいませ～んって言っておけばそれ以上のことは聞かれない。私もちゃんと協力するし』

確かに独身だって言っておけば余計な心配もいらない。

でも待って。肝心なことを忘れていた。

「わかったけどさ、同窓会のこと彼にまだ話してないの」

『え～そうなの？　だったらＯＫもらえたらメールしてよ』

「うん。そうする」

電話を切ると、急いで戻った。

「すみません。長々と……公、いや、円城寺さんからでした」

「そう、彼女は元気そうだった？」

「はい。それはもう。あの……実は今度高校の同窓会があるんですけど……」

「行っておいで」

行っていいかも口にしてないのにＯＫしてくれた。

「いいんですか？」

「いいに決まってる。そもそも僕が君を家に閉じ込めるような男に見える？」

「見えないです。ありがとうございます」

といったものの結局、肝心な告白もできず、キスの意味も曖昧でモヤモヤだけが残ってしまった。


屋上庭園でのディナーを楽しみ、帰宅をすると自室に入った。

あんな素敵な場所で二人きりの特別なディナーを楽しんで、とろけるようなキスまでしたのに現実は思った以上にシビアだ。

もし、公香からの電話がなくて気持ちを伝えられていたら、もっとロマンチックな夜を迎えたのかな？

自室で一人着替えることもなく、ソファやベランダで余韻に浸りながら隼人さんとの甘い時間を過ごせたのかな？

せっかくのチャンスを逃したことに凹んでしまう。

しかも時間とともにますます言いにくくなっていることに焦ってしまう。

「は～。着替えよう」

私はモヤモヤしたままワンピースのファスナーを下ろそうと腕を後ろに回した。

だが途中、ちょうどブラのホックの辺りでファスナーを下ろす手が止まった。

「あれ？　やだどうしよう」

髪の毛が挟まってしまいファスナーが動かなくなったのだ。

無理やり動かせば髪の毛はさらに巻き込まれ、ファスナーも壊れてしまう。

せっかく私のために用意してくれたのに、髪の毛なんかでダメにできない。

といってもファスナーは背中。実際どうなっているか鏡を見ないとわからない。

「もう！　どうしたらいいの？」

語気を強めうなだれていると……。

トントンとノック音が聞こえた。

——え？　もしかして聞こえちゃった？

「は、はい」

「どうかした？」

「えっと……ちょっと問題が……」

ファスナーに髪の毛が挟まったとは言いにくく曖昧に答える。

「問題って、何があったんだ？」

ドアの向こう側から隼人さんの心配しているような声が聞こえる。

「いえ、たいしたことではないというか、そうでないというか」

するとガチャっとドアの開く音とともに「入るよ」と隼人さんが部屋に入ってきた。

私は両腕を後ろに回しながら振り向いた。

その姿に隼人さんは戸惑いながら、

「どう……した？」

さっきの勢いがなくなった。

「すみません。着替えようと思ってワンピースのファスナーを下していたら髪の毛が引っかかっちゃって」

「わかった。その手を一旦《いったん》下ろして。僕が見るよ」

「は、はい」

まさかこんな姿を見られるなんて恥ずかしすぎる。

「挟まってるな。でも髪の毛はそんなに多くはないから、この部分だけ切ってもいいか？」

「は、はい。はさみ持ってきます」

「いい。僕がとるよ。どこにある？」

「そこの引き出しの一番上です」

隼人さんは引き出しからはさみを取ると、挟まっている髪の毛をカットした。

それから挟まった髪の毛を取ってくれたのだが、ここにきてハッとする。

ファスナーの位置がちょうどブラのホックのところだということを。

背中とはいえ、まさかこんな形で下着を見られるとは思ってもいなかった。

急に恥ずかしくなって、鼓動が早くなる。

しかも、彼の手が背中に当たっている。それだけでもうドキドキして隼人さんに聞こえてしまうんじゃないかってほどだ。

だけどこんな時でさえ、もう少しこうして彼を感じていたいと思うのは私のわがままかな。

「とれたよ」

「え？」

「今度ファスナーを下ろす時は髪の毛を前に持ってきた方がいいよ」

「あ、ありがとうございます」

だけど彼は私から離れようとしない。

というかこれって彼に後ろから抱きしめられている？

すると耳にかすかに彼の息がかかる。

ドキッとして動けなくなる。

「もう少しこのままでいさせてくれ」

これって私と同じ気持ち？

「はい」

もう、胸のドキドキが爆発しそうだ。

どうしよう。今自分の気持ちを伝える？

そうよ。思い立ったらすぐに言わなきゃ。

「あの――」

「ごめん」

彼は私から距離を取るように離れた。

「ごめん。今日の僕は随分酔っているようだ……おやすみ」

――ガチャ。

静かにドアの閉まる音で我に返る。

さっきまでのドキドキは一瞬にして治まり、その代わり胸の奥が痛くなった。

やっぱりお酒のせいなの？

こんなに近くにいるのに、すごく遠い。

5　片思いだけど焼きもち焼かれました。

翌日、公香にメールするのをすっかり忘れていた私は、仕事の合間に

《同窓会、出席するよ》

と公香にメールを送った。

「桜ちゃん」

常連のお客さんに呼ばれた。

「はい。なんでしょう」

「悪いけどミックスサンドの持ち帰りを一つ頼むよ。うちの母ちゃんが買って来いって言うからさ」

「はい。ありがとうございます」

伯父にオーダーを伝えると厨房の棚からテイクアウト用のパックを取り出し、準備をした。

すると、ベルの音とともに店のドアが開く。

「いらっしゃいませ」

厨房から顔を出すと、スーツ姿の男性が立っていた。

「神谷くん？」

「こんにちは」

まさか本当に来るとは思っていなかった。

「あっ、いらっしゃいませ。空いている席へどうぞ」

グラスにお水を注ぎ、おしぼりを出していると伯父が身を乗り出す。

「あの男誰？」

「高校の時の……」

元カレと口にするのが恥ずかしくて言葉を濁《にご》したのだが……。

「あっ！　思い出した。もしかして」

「うん、そのもしかして」

実は一度だけ神谷くんと、この店に来たことがある。

それは神谷くんと付き合ってもうすぐ三ヶ月を迎える頃だった。

前々から二人でどこかにいきたいと言われていたのだが、どうしても周りの目が気になって、私は彼の誘いを渋っていた。

「だったら映画は？　暗いし人目も気にならないよ」

この一声で、期末テストを終えたら映画を観に行く約束をした。

そして私の強い希望で、家から少し離れた映画館で映画を観ることになった。

ところが映画を観終わって外に出ると、雨がパラパラ降ってきた。

それでも最初は小降りだったから早歩きで駅へ向かえば大丈夫と思っていたのだが、突然ゲリラ豪雨で身動きが取れなくなってしまった。

だけど偶然にも伯父の店が近くにあることを思い出した私は、

「伯父の店が近くにあるから雨宿りさせてもらおう」

と声をかけ、店まで走って行くことに。

店に入ると、伯父はずぶ濡れの私と神谷くんを見てすぐにタオルを持ってきてくれた。

だけど伯父は、ずぶ濡れよりも私が男の子と一緒にいることの方に驚いた。

でも驚くのも無理はない。

伯父の目から見ても私は内向的で、彼氏を連れてくるような女の子には見えなかったからだ。

そんな伯父の驚く姿に神谷くんは、体も拭かず、

「桜さんとお付き合いさせてもらってます神谷です」

と伯父に挨拶をした。

「おお、そうか。桜もやるな。こんなイケメンを彼氏にして」

「いや……その」

正直何と答えたらいいのか複雑な気持ちだった。

「体拭いたら座りなさい。君はコーヒーは飲めるかい？」

伯父に尋《たず》ねられた神谷くんは少し恥ずかしそうに、

「甘いのしか飲めないんです」

と返した。

「じゃあ、温かいカフェオレだな」

伯父はかなりご機嫌な様子でコーヒーを淹れ始めた。

窓側の席に座り、外の様子を見ると、さっきまでのゲリラ豪雨がいつの間にか嘘のように明るく、外は青空が見え始めた。

「もう少し後に映画館を出たらよかったのかな」

ぼそっとつぶやく私に神谷くんは、

「これで良かったよ。だってまだ桜と一緒にいられるしね」

はにかんだ笑顔を見せたが、この時の私はずっと子供で彼の気持ちを素直に受け止められなかった。

神谷くんは甘いカフェオレ、私はホットコーヒーのブラックを飲みながら服が乾くのを待った。

ところが、私と神谷くんが一緒にいるところをクラスメイトの一人が見ていたのだ。

翌日登校すると、みんなの視線を集めることになった。

最初はどうしてなのかわからなかったが、その理由を教えてくれたのは公香だった。

「桜、バレてるよ」

「え？」

「昨日、神谷とデートしたでしょ。クラスメイトが見たらしいよ」

私はそれを一番恐れていた。だから映画館も自宅から離れた場所にしたたし、伯父のレトロ感のある店に行ったのも誰にも見られないと思ったからだ。

「どうしよう」

「大丈夫。私がついてるから」

公香の心強い言葉に励まされた。

だけど、教室に入った途端、神谷くんを狙っていた女子たちに囲まれてしまった。

私が神谷くんと実際に一緒にいたのかを確認したかったのだ。

そして公香が私の代わりに、神谷くんといたのは私ではない。私は昨日公香と一緒にいたと言ってくれた。

みんなはそれを信じてくれたけど、全くスッキリしなかった。

もし私が神谷くんのことを本当に好きだったら公香はきっと本当のことを言っていただろう。

それに、私に質問してきた子たちは、神谷くんのことを本当に好きな人たちだ。

結局私はそういう人たちはもちろん、神谷くんにも失礼な態度をとっていたことになる。

「神谷くん、ごめんやっぱり私、付き合えない」

神谷くんは優しいし、私にはもったいなさすぎるほど素敵な人。

だけど、周りを敵に回してもいいというほどの気持ちにはなれなかった。

今思うと、なんて失礼で上から目線な嫌な女の子だと思う。

だって学校一のイケメンを振ったんだもん。

だけど一番後悔しているのは、私の方がギブアップしたのにもかかわらず、自分と付き合ったことで、嫌な思いをさせてしまったと、神谷くんが私にごめんと謝ったこと。

だからせめて神谷くんには私なんかよりもっともっと素敵な人と出会えるようにと願っていたし、神谷くんほどの人ならすぐに見つかると思った。

別れてからは、まるで何もなかったかのように挨拶する程度になったし、私たちがデートをしていたことはデマ扱いとなった。

隼人さんとの結婚が決まった時に伯父が、

「あの幻の彼氏はどうしてるかなー」

というまで私は彼の存在を忘れていた。


「いらっしゃいませ」

窓側の四人掛けテーブルに座っている神谷君にお水とおしぼりを差し出す。

「ありがとう。どうしたの？　そんな驚いた顔して」

「だって……本当に来るなんて思ってもいなかったから」

神谷くんはクスッと笑った。

「言ったでしょ？　必ず店に行くって」

確かにそう聞いたけど、社交辞令かと思っていた。

すると寺田さんと一緒にコーヒーを飲んでいる八百屋の篠原《しのはら》さんに呼ばれた。

「ごめん、後で注文聞くね」

と声をかけると、寺田さんたちのテーブルへ向かった。

「お待たせしました」

「桜スペシャルおかわり」

「はい、でも篠原さん時間大丈夫？　もうかれこれ一時間いるけど……怒られない？」

篠原さんは一度椅子に座ってしまうとお尻に磁石でもついているかのように長居をする。

私たちは全然かまわないけど、あまり長居をしていると奥さんから戻るようにと電話がかかってくるのだ。

それは篠原さんの携帯ではなく、この店にだ。

「大丈夫、大丈夫。この時間は暇なんだって～それより桜スペシャル頼むね」

と言ってどういうわけかニヤリと笑った。

普段そんなにニヤニヤしたしゃべり方をしないのでどうしたのかと思いながらも、伯父にオーダーを伝える。

すると神谷君と目が合った。

「ご注文はお、お決まりですか？」

常連さんの視線が気になって噛みそうになる。

神谷くんはすぐに反応してクスッと笑う。

「何緊張してるの？」

「違う、噛みそうになっただけ」

正直、驚いている。

付き合っていた頃はガチガチに緊張して何を話せばいいのかわからず、あの当時どんな話をしていたかあまり覚えていない。

だけど今はそれが嘘のように自然に話せる。それだけ私も大人になったのかな？

「そうそう、向こうのお客さんが言っていた桜スペシャルって何？」

――やっぱり聞こえてたのね。

「それは私が淹れたコーヒーを常連さんがそう呼んでるの。強いて言えば裏メニューかな。まだまだ修業中の身でメニューには載せられないの」

「じゃあ、僕もその桜スペシャルをお願いしようかな」

修業の身だと言ったのに……。

「私のより、マスターのコーヒーの方が……っていうか、神谷くんはカフェオ――」

「ブラックで」

「え？」

「カフェオレは卒業したんだ。今はブラックしか飲めない」

「だったら尚更マスターのコーヒーの方が」

だけど、他の常連さんが注文しているのだから自分も飲みたいと言い張ったため
……。

「わかりました。少々お待ちください」

厨房に入ると、ドリップサーバーとコーヒーカップにお湯を注ぎ温める。

お湯をすてたらネルをセット。

コーヒー二杯分の粉を入れ、ネルをゆすってコーヒー粉の表面を平らにしたら蒸らす。

そして真ん中からゆっくりとお湯を注ぎ十秒。

蒸らしが完了したら「の」の字を書くようにお湯を注ぐと、ドリッパーからいい香りが立ち昇ってきた。

抽出されたコーヒーをカップに注いだら出来上がり。

淹れ方は伯父と同じだけど、なかなかどうして、同じ味にならない。

隼人さん曰く、私の味は不安定なのだ。

「お待たせしました」

篠原さんの席にコーヒーを持って行った後に、神谷君の席へ。

「ありがとう」

「味の保証はできないけどね」

神谷君はコーヒーカップに手をかけるとコーヒーの香りを嗅ぐ。

「……香ばしい。いい香りだ。じゃあいただきます」

彼の反応が気になり、トレイを抱えながら見守る。

神谷君はコーヒーを一口飲みながら目を閉じ、そしてゆっくりと目を開けると大きく頷いた。

「おいしい。うん、おいしい」

「え？　本当に？」

「ああ。桜の淹れたコーヒーは今まで飲んだ何よりもおいしい」

さらっとすごいことを言われてしまった。

もちろんお世辞だってわかっていても褒められたら悪い気はしない。

「ありがとう、でも合格点にはまだまだ程遠いけどね」

「だったら合格するまで――」

何かを言いかけた時、伯父が私を呼んだ。

「ごめんね」

「ごめん。仕事中なのに」

「いえ……じゃあ、ごゆっくり」

一礼して戻ると伯父がサンドイッチを私に差し出した。

「寺田さんのテイクアウトができたから持ってってくれ」

「うん」

いつもなら手のすいている自分が持っていくのに、私に持たせるなんてどうしたのだろう。

「寺田さん。お待たせしました。サンドイッチね」

「おお、ありがとう」

サンドイッチを渡してその場を去ろうとすると、寺田さんに呼び止められた。

「桜ちゃん、ちょーっと……聞きたいことがあるんだけど」

珍しくもったいぶった言い方。

「なんですか？」

「前に彼氏はいないけど好きな人はいるって言ってたよな」

「は、はい」

それは結婚したことを伏せるための言い訳のようなもの。

寺田さんは口角をぐっと上げ身を乗り出した。

「もしかして桜ちゃんの言う片思いの相手って、あそこにいる色男かい？」

寺田さんは神谷くんを指さした。

「もう～、寺田さん何を言ってるんですか～違いますよ」

「違うのか？」

誤解を与えては神谷くんに失礼だ。

「はい」

と大きく頷いたのだが……。

「怪しい」

全く信じてくれない。

なんで怪しいの？　その根拠がわからない。

私は念を押すように、

「怪しくないですよ。彼は高校の同級生なんです」

と言い切るとカウンターに戻った。

でも寺田さんたちは納得していない様子で、神谷くんの方を何度もチラ見している。

だから違うのに……。

すると篠原さんが席を立った。

帰るのかと思ったら、神谷くんの席の方に行くではないか。

え？　と驚く間もなく、

「あんた、桜ちゃんの知り合いかい？」

篠原さんが神谷君に話しかけていたのだ。

「はい、そうですが……」

すると、篠原さんは神谷君の向かい側にドカッと座り身を乗り出した。

もちろんこれには神谷君も戸惑いを隠せない様子で、私の方をちらりと見た。

私はあたふたしながら手を合わせ、ごめんなさいと声を出さずに謝る。

「あんた、彼女はいるのかい？」

初対面の人にする質問ではない……というか、なんで？

間に入ろうとしたけど他のお客様の迷惑になるからという理由で伯父に止められた。

「今はいません」

神谷君ははっきりとした口調で答えた。

それを聞いて篠原さんはどういうわけか私に向かって親指を立てた。

こんなことされたら余計誤解される。

「神谷君ごめんね。全く関係ないから」

と謝ったが、店内はなんとも言えない空気になった。

すると今まで黙っていた伯父が厨房から顔を出した。

「寺さんも篠さんもいい加減早く戻らないと奥さんに怒られるんじゃないの？」

伯父の言葉に反応した二人は慌てて会計を済ませ帰っていき、店内は嵐が去ったように静かになった。

「神谷君、さっきはごめんなさい」

「全然いいよ。でもなんであんな質問したんだろう」

そう思うのは当たり前だ。

でも神谷君に本当のことを言うべきなのだろうか……。

「ちょっと前に話の流れで好きな人がいるって答えたのよ。みんなその相手が神谷君だと勘違いしたみたいで……本当にごめんなさい」

両手を合わせて謝る。

「そういうことなんだ。気にしなくていいよ。ところで……同窓会の案内が来てたでしょ？　出席するの？」

急に話題が変わり、本当に気にしてないんだとホッとする。

「一応行くつもり。横山先生の定年退職のお祝いも兼ねてるでしょ」

「そうだったね」

「神谷君は？　出席するの？」

「その予定ではいる」

「でも神谷くんが出席するって知ったら女子はきっと大騒ぎなんじゃない？」

「……どうかな。そういうのあまり興味ないから」

神谷君はコーヒーを飲みほした。

するとタイミングよく彼の携帯に電話がかかってきた。

どうやら仕事関係のようだ。

彼はしばらくして戻ってくると、荷物を持ってレジに来た。

「ご馳走様です」

「ありがとうございます。五百円になります」

「もうちょっとゆっくりしたかったんだけど、あそこに行かなくちゃならなくなって」

そう言って指さしたのは真向かいのマクダーモンホテルだった。

「そ、そうなんだ」

「じゃあまた来るから」

「うん。ありがとう」

神谷君は五百円玉を置くと急いで店を出た。

「桜」

伯父に呼ばれた。

「何？」

「同窓会は強い心で挑め」

「え？　どういうこと？」

同窓会に強い心は必要なの？　ちょっと意味がわからない。

「男の勘ってやつだ。それとな……」

急に神妙な面持ちになる伯父。

「どうかした？」

「やっぱり気づいてなかったか。さっきお前の旦那が店の前を歩いていたぞ」

「え？」

全然気が付かなかった。

「なんですぐに教えてくれなかったの？」

「寺さんたちもいたし、さっきの彼にも結婚していることは言ってないんだろ？　旦那が来たと言えないだろ？」

確かにそうだけど……。

神谷くんと一緒にいるのを目撃されたのはこれで二回目になる。

一回目はホテルの従業員用エレベーター。そして今日はここ。

別にやましいことはしていないけど……、勘違いされてないだろうか。

やっぱり言うべきかな……でもわざわざ自分から報告すること？

そもそも隼人さんは、私に関心はないだろうし……。

いや、違う。

社長の妻として他人に疑われるような行動は慎むべき。

ちゃんとしなくちゃ。

それから一週間が経った。

隼人さんから神谷くんのことを聞かれることは一度もなかった。

それに神谷くんもあれから店には来ていない。

だから私も気にするのをやめた。

「これはすごいな」

隼人さんはダイニングテーブルに並べられた料理をまじまじと見ている。

「今日はお野菜たっぷりのカレーに、青梗菜《ちんげんさい》サラダとズッキーニのスープです」

「野菜づくしだね」

「はい。これ全て頂《いただ》き物なんです」

そう、この野菜たちは全て頂き物。

実は今日、篠原さんの奥さんがたくさんの野菜を持ってきてくれたのだ。

「桜ちゃん。うちのお父さんがご迷惑かけたんだって?」

と言われた時は何を言っているのか理解できなかった。

だが話を聞くと、一週間前に篠原さんが神谷君に話しかけた件だということがわかった。

「いえ、全然大丈夫ですよ」

と言ったんだけど、

「そんなことない。あの人は本当にデリカシーのない人なのよ。本当にごめんね」

と言ってたくさんの野菜をくれたのだ。

もちろん最初は断った。

だけど、こんなものでしかお詫びできないから受け取ってと野菜を置いていった。

なので今日はもらった野菜をふんだんに使った野菜づくしの献立となった。

相変わらず隼人さんの食べっぷりは見ているだけでも気持ちがいい。

「カレーのおかわりある？」

「はい」

決まっておかわりするんだけど、照れながら皿を差し出す姿がかわいくって毎度キュンキュンしてしまうのだ。

この顔見たさに料理に力を入れていたりする。

すると私のスマートフォンが鳴った。画面には伯父の名前。

「ごめんなさい」と隼人さんに一言断って電話に出た。

「伯父さんどうしたの？」

『悪いな、遅くに』

「いいよ。何かあったの？」

『前に店にきた例の彼が、今日閉店間際に店に来たんだよ』

「神谷君が？」

するとと隼人さんのスプーンを持つ手が止まった。

私が大きな声を出したからなのだと思って、席を立ちキッチンに移動した。

それにしても神谷君が遅くに来たからと言ってわざわざ電話しなくても……。

『ああ、同窓会のことでどうしても聞きたいことがあるらしいんだが、これから出張で暫らく店に来られないから電話番号を教えてほしいって言われて……』

「番号を教えたってこと？」

『悪い。教えちゃダメだったかな？』

事後報告の時点でいいも悪いもないけど……。

「大丈夫だよ。同級生だし」

『だけどな、お前は人妻だ。知り合いだからって安易に教えない方がよかったかなって後悔してる』

「大丈夫よ。連絡ありがとう」

そう言って電話を切った。

それにしても神谷くんの用件ってなんだろう。

そう思いながらテーブルに戻ろうとしたら知らない番号の着信。

もしかしてこれが神谷君？

普段は知らない番号には出ないのだけど、伯父の話を聞いた直後だったので、電話に出た。

「もしもし？」

『もしもし、内田さんの携帯ですか？』

やっぱり神谷君だ。

「はい。もしかして神谷君？」

『え？　なんでわかったの？』

驚いている様子が電話から伝わる。

「さっき伯父から連絡をもらったの」

『そうだったんだ。マスターに電話番号を聞いてしまってごめんね』

「いいけど……どうしたの？」

『同窓会のことなんだけど、どうにか都合をつけて出席する予定なんだけど……もしよかったら一緒に行かない？　店まで迎えに行くよ』

「え？」

なんで？　別に迎えに来てくれなくても、会場で会えるし、それに私はこれでも一応人妻。

同級生とはいえ、男性と一緒には行けない。

ふとご飯を食べている隼人さんに目を向けると、思い切り目が合ってしまった。

「神谷君、せっかくだけど一緒には行けない」

『え？　なんで？』

なんでって人妻ですからと言いたいところだけど……。

「円城寺公香って知ってる？」

『ああ』

「彼女たちと一緒に行く約束してるの。だから……」

本当はまだ公香と一緒に行く約束はしていない。

『そうか……そうだよね。君の予定も聞かずに誘ってしまってごめん』

「気にしないで。じゃあ同窓会で」

電話を切ると小さなため息をついた。

こんなことなら常連さんにも神谷くんにも私が結婚をしたことを報告するべきだった、と後悔した。

でも私たちは普通の結婚ではない。

「すみません」

席に着くと、さっきまでおいしそうに食べていたはずの隼人さんの様子がなんだか不機嫌そうになっていた。

やっぱり食事中に立て続けに電話をしていたせいだろうか。

「あの……」

「神谷って誰？」

「え？　それは高校の時の同級生で……」

隼人さんはそのまま口を閉ざした。

どうしよう。こんな時どうしたらいいの？

「あっ、ごめんなさい。カレーのおかわりでしたよね」

慌てて席を立ったが、いいと言われてしまい気まずいまま椅子に座った。

隼人さんは小さなため息をつくと、パッと顔を上げた。

「最近君が男性と話しているのを二度ほど見かけたが……それがその同級生なのか？」

やっぱり見られていたんだ。エレベーターとWaterlooで。

「前にホテルの前で女性がコンタクトレンズを落として探した話をしましたよね。あの時に一緒に探していたのが神谷くんだったんです」

隼人さんはさらに不機嫌になる。

「ごめんなさい。別に隠していたわけではないんです。偶然だったし、会ったのも卒業以来で……でもそれだけです」

「本当に？」

まるで私を試すような口調だった。

「本当です」

隼人さんはそれでも面白くないのか憮然《ぶぜん》とした表情のままだ。

「隼人さん？」

「悪い。君があまりにも楽しそうに話しているのを見かけて……イラッとした」

それって焼きもち？　どうしよう、誤解されたのは悲しいけどそれ以上にちょっと嬉しいかも。

「私の方こそ、誤解を与えるような行動をしてしまって」

謝ったけどその後もなんとなく気まずい雰囲気になってしまった。

食事を終え、後片付けを済ますと、隼人さんはソファに座りながらワインを飲んだ。

目が合うと、隣に座るように促された。

会話はないまましばらく黙っていたが、先に口を開いたのは隼人さんだった。

「さっきの電話の用件って……なんだったんだ？」

やっぱり隼人さんはまだ神谷くんとの電話を気にしていた。

「今度行く同窓会に、一緒に行かないかって誘われ——」

話は終わっていないのに、隼人さんは私の両肩を掴んだ。

彼はまっすぐな目で私を見つめると、そのままソファに押し倒した。

「は、隼人……さん？」

彼が私を見下ろしている。

「一緒に？」

「え？」

「一緒に行くのか？」

「い、行きません。お断りしました！」

だけど隼人さんは私を黙って真っ直ぐ見た。

「隼人さん私は神谷くんと——」

絶対に行かないと言おうとしたが……。

「隙《すき》がありすぎるんだよ」

彼が口を歪ませた。

「え？　そんな……」

そんなつもりはなかった。だけど……。

「君は僕の妻だってことわかってるのか？」

「わかってます」

だけど彼は首を横に振った。

「いや、わかってない。だからあんな男に……」

もしかして隼人さん嫉妬してるの？

「お願いわかって。私は神谷くんのことは本当に――」

すると私の唇に彼の指が触れる。

それはこれ以上何も言うなと言う意味だ。

「君が、僕のものだってことをわからせる。口を開けろ」

言われるがまま口を開けると彼の顔が近づき、唇よりも先に舌が入ってきた。

今までとは違い、荒々しく舌を絡ませる。

押し倒された状態の私は身動きも取れず、彼から与えられる濃厚なキスを受け入れるだけでいっぱいだった。

ただ今日の隼人さんのキスは余裕がないというか、焦っているようにも思えた。

唇が離れると彼は私の首筋にキスを落とす。

彼の荒い息遣いと生々しいリップ音に緊張が増す。

「隼人さん？」

どうしてこうなったの？

名前を呼んでも彼は返事をしてくれない。だけどキスは徐々に下へ下がっていく。

どうしよう。

そう思っていると彼の手が私の胸に触れた。

驚きとは別に、触れられた場所が熱を持ち、刺激が襲う。

「あっ……」

自然に出たその声は自分の声のはずなのに、今まで出したことのないような高く甘い声だった。

こんな声出したこともなかった私は恥ずかしさのあまり、体に力が入った。

すると胸にあった彼の手がパッと離れ、私の体からその感覚が消えた。

「悪い」

隼人さんはまるで我に返ったかのように起き上がった。

「とにかく、あの男と会うことは許さない」

そう言い残すと部屋に入っていった。

私はしばらく放心状態で、起き上がることができなかった。


「社長？　社長聞いてますか？」

「ん？　ああ……ご、ごめん、なんだった？」

秘書の樋口が露骨に肩を落とす。

「こんなに人の話を全く聞いていない社長をみるのは初めてですが……奥様と喧嘩でもなさったんですか？」

俺は樋口を睨むと、

「喧嘩なんかしていない。それよりもう一度頼む」

と、強がってみせた。

喧嘩か……。

それができるのはお互いを信頼しあってるからこそで、俺たち夫婦にはないものなのかもしれない。

せっかく彼女との距離が近づいてきたと思っていたら、イケメン同級生の登場だ。

気持ちが焦って、気づけば彼女を押し倒していた。

結婚していても普通の結婚とは違う。

彼女は友人の身代わりに俺と結婚した。だから愛し合っているとは言い難い結婚生活。

誰よりも近くにいるのに遠く感じる。

だから余計に焦ってしまった。

彼が参加すると知っていたら、きっと俺は同窓会に行っていいとは言わなかっただろう。

ダメだな。

どうしても彼女のことばかり考えてしまう。

桜は親戚《しんせき》以外の人に俺と結婚したことを話していない。

どうしてなのかわからないし。

やはり公表したくないほど俺のことが嫌いなのか？

俺よりも友情が大事なのか？

気がつけばネガティブなことばかり考えていた。

彼女との出会いは、今思えば運命的な出会いだったと思う。

社長に就任してからの毎日は本当に仕事がハードで、正直精神的にもかなり参っていた。そんな時、真向かいにあるレトロな雰囲気の喫茶店が気になって、店に入りそこで彼女と出会った。

相当疲れが顔に出ていたのだろう。

「疲れた時は甘いものがいいんですよ。よろしければお召し上がりください」

彼女はコーヒーと一緒にクッキーを差し出してくれた。

そのさりげない優しさは俺の疲れた心にささり、久しぶりに笑顔になれた。

ホテルに戻りいくつかの会議を終えた頃、彼女からもらったクッキーを思い出した。

普段あまり甘いものは食べないのだが、彼女の言葉を思い出し、キャラメルシナモンクッキーを食べた。

彼女にとってはたくさん来る客の一人としか映っていなかったと思うが、俺にとってはとても特別なことだった。

もう一度彼女に会いたくて再び店を訪れると、「桜スペシャル」の存在を知った。

そのコーヒーはメニューにないもので、修業中という理由で常連客にしか出していない、いわば裏メニュー的なもの。

どうしてもそれが飲みたかった俺は、咄嗟に常連客になると言っていた。

だが常連客ほど店に通うのは現実的には厳しい。だからダメ元で配達してほしいと頼んでみた。

すると意外にも彼女はその話を引き受けてくれた。

クッキーをくれた時、自分の淹れたコーヒーを出すのを恥ずかしがる姿、そして照れながらも引き受けてくれた彼女のコロコロ変わる表情がかわいくて、配達が来る日はなんだかそわそわして落ち着かなかった。

今まで女性から告白されたことはあっても自分から誰かを好きになったことのなかった俺は、それが恋だと気づくのに随分時間がかかった。

しかも自分の気持ちに気づいたのは、皮肉にも円城寺公香との見合いの席で代理として桜が俺の前に現れた時だった。

今回のお見合いは取引のある円城寺さんの頼みだった。

円城寺さんには、あくまでお見合い。合わなければ断ると事前に伝えてあった。

そもそもお見合いは面倒くさいイメージしかなかった。

ところがお見合いに現れたのは少し前から気になっていた内田桜だった。

一瞬夢でも見ているのかと思ったが、彼女の口から出たのは「公香のため」という言葉だった。

ことあるごとに友人の名をあげる彼女に対しに俺は苛立ちのあまり、ことさら冷たい態度をとってしまった。

だけど、いくら友人のためだからといって自分の人生を棒に振るようなことはしないだろうと思い、彼女を試すように結婚を迫った。

彼女は、俺との結婚を受け入れた。

友達のためでも結婚できるなんて。

理由はどうあれ、彼女の気持ちが変わらないうちに俺は籍を入れた。

意地になっていたというより、どうしても彼女を振り向かせたかったというべきかもしれない。

だからありもしない理由を並べた。

社会的信用だなんて……どうでもよかったんだ。どうでも……。

結婚したんだからあとは時間をかけて彼女との距離を縮めていけばいいと思っていた。

だがその考えが甘かった。

それが神谷という男の存在だ。

いつも時間より早めにコーヒーを届けてくれる桜が、その日は随分遅かった。

俺は何かあったのではと心配になってそわそわしていた。

「社長、そろそろ移動の時間ですが」

「わかっている！」

この後ブライダル用の食器を一新するための大きな打ち合わせが入っている。

だが、桜のことが気になってそれどころじゃなかった。

「私の方から奥様へ連絡いたしましょうか？」

樋口はなんでもお見通しのようだが、それも面白くない。

もちろん意地を張るより素直になる方がいいに決まっているが……。

「社長？」

返事をしない俺に樋口が催促《さいそく》する。

「わかった。俺の方から連絡するから下がってくれ」

「かしこまりました。でもお早めにお願いします」

全く、いちいちうるさいやつだと思いながら電話をかけると、数コールで桜が出た。

「今どこ？」

もしもしと言うのも忘れすぐに本題に入ってしまった。

『すみません。今エレベーター待ちです』

とりあえず何もなかったことに俺はホッとした。

「そうか。いや。遅刻したことのない君がこなくてちょっと心配になったんだ」

冷静を装うのは辛い。

『ごめんなさい。途中でコンタクトを落とされた方がいて、一緒に探していたんです』

彼女らしいなと思うと同時に、不安は一気に消えた。

「そうか。悪いがこれから大事な打ち合わせがあって席を外す。コーヒーは樋口に渡しておいてくれ」

『はい』

電話を切り安心したものの、本当は彼女に俺が迎えに行くまで店で待っててほしいと直接言いたかった。

だがこれから打ち合わせで、時間的に余裕はなかった。

仕方なく、仕事が終わったら迎えに行くから店で待つようにとメモに書き、それを樋口に渡す。

「妻が来たらこれを渡しておいてくれ」

「かしこまりました。社長、お時間です」

「わかってる。じゃあ後は頼む」

俺は一人で会議室へと向かった。

会議室はこの階のすぐ下にある。

わざわざエレベーターを待つほどの距離ではなかったので俺は階段を一気に駆け降りた。

そしてエレベーターホールを通って会議室に入ろうとした時だった。何気なく視線を向けると、エレベーターのドアが開き、桜が乗っていたことに気づく。

声をかけようとするが、彼女は誰かと楽しそうに話していた。

しかも相手は男性。

一体誰と話をしているんだ？

気になって視線を向けると桜と目が合った。

だが運悪く会議室の前で「社長」と声をかけられ、後ろ髪を引かれる思いで会議室に入ったのだが、その席で間もなく男の正体を知ることになった。

神谷永嗣。年齢はわからないが、老舗陶器メーカー「冴島陶園《さえじまとうえん》」の営業マンだということがわかった。

しかもその時にはわからなかったがその後、桜の同級生と聞いて焦った。

そのことを知る少し前に、俺は偶然喫茶店の前を通った時に、桜とあの神谷という男が楽しそうに話している姿を目撃していた。

その時の二人の様子がただの知り合い以上に感じた。

特に彼の桜を見る目だ。

俺はあの目を知っている。

彼女に特別な感情を持っている目だった。

しかもあいつは一緒に同窓会に行こうと電話をかけてきた。

桜ははっきり否定したが、それでも俺は不安で仕方がない。

誰かを好きになると楽しいこともあるけど、こんなにも苦しいのか？

「社長……社長？」

再び樋口が呼んだ。

「今度はなんだ……いや、すまない」

ダメだ、樋口に当たったってどうにもならないのに……。

「いえ、例の社長就任パーティーの件です」

社長就任パーティーは当初一ヶ月前に予定されていた。

すでに告知済みで、準備は着々と進んでいるのだが……。

「奥様にはちゃんと話してあるのですか？」

最近のゴタゴタで……といっても俺が一人でもやもやしてて話していないのだ。

「……詳しいことはまだだ」

「よろしいのですか？　あの件もあるのですよ」

「ああ」

二ヶ月もあれば彼女を振り向かせられるんじゃないかと思っていたが、神谷という男の登場で雲行きが怪しくなっている。

実は社長就任パーティーの前に式を挙げようと思っている。

もちろんそれは彼女には内緒だ。

彼女の驚く顔を見たいという単なる俺のわがままだ。

だが、彼女の心が俺に向いてなければサプライズなどなんの意味もないことになる。

そうなれば結婚式はおろか、その後の社長就任パーティーでの結婚報告も彼女には苦痛以外の何ものでもない。

彼女の気持ちが知りたい。

だけどあんな風に押し倒してしまった俺を彼女はどう思っているのか、それを知るのが怖い。

6　愛おしい人

もやもやした気持ちをどうしても公香に聞いてもらいたくいて、電話をしたら直接聞きたいというので伯父にお願いして少し早く仕事を上がらせてもらい、公香のマンションで話をすることになった。

「それ絶対にやばいよ」

公香が口を曲げた。

「やっぱり？」

私は偶然神谷くんと再会したことやその後彼が店に来たこと。隼人さんと一緒にいる時に神谷くんから電話がかかってきて一緒に同窓会に行こうと誘われたことを、公香に話していた。

ちゃんと断ったし、そもそも神谷くんと一緒に行こうだなんて全く考えていなかった。

だけど彼としては面白くなかったのだろう。

押し倒され、キスされ……でもそれはなんというか、私が好きだからというのではなく、私の行動に腹が立ったから……お前は俺の妻なんだ、誤解を招く行動をするなっていう戒《いまし》めのようにも感じた。

もちろんそんなこと公香には話していないけど。

でもあの日以来会話が減った。

恐らく誰に話をしても、公香のような言葉が返ってくるだろう。

「姫野さんに、神谷が元彼だって話してないよね？」

私は小刻みに頷いた。

公香は腕組みをし、しばらく考えていた。

本当に公香には相談ばかりで、私は公香のために何かしただろうかと、自分のヘタレ具合に嫌気が差す。

「あのさ、やっぱりここは言うべきことをちゃんと言わないと」

私が隼人さんのことが好きで結婚に合意したこと。

神谷くんは高校の時に短い間だが付き合っていたけど、恋愛感情は全くないこと。

この二点を隼人さんに話すべきだということなのだ。

もちろん私だって言えるものなら言いたい。

だけど神様の悪戯レベルで告白するタイミングを失い続けてきた。

今話したところで信じてくれるのだろうか。

決断できない私に公香は呆れ顔だ。

「ねえ、いつまでそうしているつもりなの？　本当にじれったいなー。なんなら私が代わりに――」

「言う」

「え？」

「同窓会までにちゃんと話す」

だが公香は全く信じていない様子。

それは私の決意が感じられないからだと言う。

「そもそも桜はどうしたいの？」

――どうしたいか……そんなの決まっている。

「もちろん隼人さんと本当の意味での夫婦になりたいよ」

「じゃあ、神谷には結婚していることをちゃんと話して、姫野さんには本心を伝える。わかった？」

「……わかった」

と言いつつもまだ決心がつかないというか……。

そして同窓会を三日後に控えた日のこと。

いつものようにコーヒーを届けに社長室の前まで来ると、ドアの向こうから女性の笑い声が聞こえた。

——お客様？

すると秘書室から樋口さんがやってきた。

「奥様、こんにちは」

「こんにちは」

くどいようだが、奥様と呼ばれるのは慣れない。

「あの、お客様がいらっしゃるんですか？」

樋口さんは社長室のドアを見ると、ちょっと慌てた様子で、

「あっ、そうです。ニューヨークにいらしていた時のご友人といいますか」

なんとも歯切れの悪い言い方。

せっかくの再会を邪魔しちゃいけない。

そういえば、隼人さんがニューヨークにいた時の話はほとんど聞いたことがない。

「彼に会うために海外からいらしてるんですよね。邪魔しちゃ悪いので……彼にこれをお渡し願えますか？」

私は樋口さんに水筒の入ったトートバッグを差し出す。

「え？　でも……」

樋口さんはドアの向こう側を気にしながら、バッグを受け取ろうか悩んでいるようだった。

「お願いします」

そう言ったものの、内心はもう大騒ぎだった。

友達って誰？　声を聞く限り女性の声だった。しかもわざわざアメリカから隼人さんに会いにくるなんてかなり親密な仲なんじゃないの？

しかもさっきの笑い声すごく楽しそうだった。

隼人さんのあんな笑い声、私には聞かせたことがない。

――まさか元カノ？

勝手な憶測は良くないことだとわかっているけれど、急に胸がキューッと締め付けられるような感覚に襲われる。

「奥様？」

樋口さんに呼ばれる。

「ごめんなさい。じゃあこれをお願いします」

私は押し付けるように樋口さんに水筒の入ったトートバッグを渡すと、回れ右をした。その時だった。

社長室のドアの開く音とともに、

「隼人、早く行きましょうよ？」

「そう急かすなって」

女性と隼人さんの楽しそうな声が聞こえてきた。

どうする私。

ここで振り返るべき？

自分が奥さんだってことをアピールするべき？

いや、この格好じゃ説得力ないかも。

私の足はエレベーターへ向かっていた。

だけどエレベーターはまだ一階で止まっていた。このまま待っていたら隼人さんがきてしまう。

ここは階段で行こうと一度引き返すと、

「桜？」

隼人さんの呼ぶ声が聞こえた。

私は無視して階段を勢いよく降りた。

だが途中でぴたりと足を止めた。

なんで私は逃げたりしたんだろう。

別に逃げなくたっていいじゃない。私は隼人さんの奥さんなのに……。

堂々とできないのは自分に自信がないから？

隼人さんが仕事のために私と結婚したから？

私は階段に立ち止まったまま項垂《うなだ》れた。

するとポケットの中のスマートフォンが鳴った。

隼人さんからだ。出ようか出まいか悩んだが……。

「もしもし」

『なんで急いで帰った？　何かあったのか？』

「……お店の方が忙しくて」

本当は忙しくないけど、そう言った。

『さっき一緒にいた女性は――』

「ああ、ごめんなさい。伯父からまた催促の電話が入ったみたいで……後でもいいですか？」

『……ああ。忙しい時にすまない』

「いえ、私こそすみません」

電話を切って大きなため息をつく。

伯父から電話なんてない。

ただ一緒にいた女性のことを聞きたくなかった。

こんなことしたってなんの意味もないのはわかっているのに……。

とことん悪い方にばかり進んでいるようにしか思えない。

こんなに好きで好きで隼人さんのことばかり考えているのに……どんどん隼人さんが離れていってしまうような気がする。

もう、こんな自分が嫌になる。


「ただいまー」

手ぶらで帰ってきた私を見て伯父がどうしたのかと尋ねた。

「忙しそうだったからバッグごと秘書さんに渡してきた」

「そうか。今日は暇だし、もう上がっていいぞ」

「え？　でも」

伯父が気を遣ってくれるのはすごく嬉しい。

だけど、家に帰ってもさっきの隼人さんの様子じゃ、帰りは遅いだろう。

あの広いマンションで一人は、寂しすぎる。

「そうだ。後越デパートでお取り寄せスイーツの催しがやってるんだった。桜、悪いがどうしても気になるプリンがあるから買ってきてくれないか？」

伯父はきっと私の様子がいつもと違うことに気づいて気を遣ってくれているのだろう。

何もしていないと悪い方にばかり考えてしまう。

「もう、しょうがないなー。どこのプリンが食べたいのか紙に書いてくれないとわからないよ」

伯父は慌てた様子で買い物リストを書いて、私に手渡した。

「急がなくていいからゆっくりしてこいよ」

「ありがとう」

そして私はお店を一旦抜けて、後越デパートへ向かった。

デパートの八階にある催事場は、多くの人で賑わっていた。

特に人気のある商品は、整理券をくばっていたり、個数限定商品は完売だったり。

商品を求め長蛇の列ができていたりした。

伯父に頼まれたプリンは、人気があり十分ほど並んで、ゲットできた。

他にも何かおいしいものがあれば買いたいと思っていたが、人の多さにギブアップ。

だが、デパ地下にすごくおいしいパン屋がある。時計を見ると、まだ混む時間ではなかった。

今私のいる場所は新館。デパ地下は本館地下にある。

エスカレーターで五階まで降りると、連絡通路を通って本館に入った。

そして下りのエレベーターを待っていると、女性の笑い声が聞こえた。

普段なら笑い声になど全く反応しないのだが、この時は違った。

それはお昼に隼人さんのいる社長室から聞こえた声に似ていたから。

英語混じりの華やかな会話と笑い声が私の耳に残っていたのだ。

私はその声に釣られるように視線を横に向けた。

長身でスタイル抜群のその女性は、ストライプのパフスリーブのシャツに細身のジーンズと低めのパンプスを履き、栗色のグラデーションボブを掻き上げながら颯爽と歩いていた。

日本人というよりハーフっぽくて、それでいてオーラを感じる。

そして並んで歩いている男性に目を向けた私の心臓が急にバクバクしだした。

女性と楽しそうに歩いていたのは隼人さんだった。

――なんで?

どうしてよりによってこんなところで目撃してしまうの?

なんでデパートにいるの?

私は咄嗟に背を向けた。

ここにいてもし鉢合わせなんてしたら自分の心をコントロールできる自信がない。

なんでこんなところで会っちゃうの?

私はデパ地下にはよらず、一階で降りるとデパートを出た。

ニューヨークにいた時の隼人さんを、私はほとんど知らない。

でもあれだけ素敵な人なら恋人がいてもおかしくないし、二人の楽しそうな表情を見たら、敗北感しかなかった。

「ただいま」

裏口から入ると、すぐにエプロンをつけて店に出る。

「伯父さん、プリン買ってきたよ」

「おお、ありがとう。早かったな」

「うん、すごく混んでて……」

気晴らしのために外に出してくれた伯父の心遣いを思うと、本当のことなどいえなかった。

「これ冷蔵庫に入れておくね」

心配かけたくなくて、元気に振る舞う。

「あっ、俺がしまっておくよ。それよりお前にお客様だ」

「え？」

一瞬、隼人さんかと思ってしまったが……。

「神谷くん……何？　どうしたの？」

待っていたのは神谷くんだった。

「ごめんちょっと話があって」

テーブルの上には空になったコーヒーカップ。

もしかして随分待たせたのかな？

「随分待ったよね。電話でもよかったのに」

「いや、直接言いたくて」

「大事な話なの？」

「まあ……そうだね。実はこれから出張で名古屋に行くんだけど、その前にどうして話しておきたくて」

周りを見るとお客は神谷くん以外一人しかないない。

「マスター、奥の席ちょっといい？」

「ああ」

私は神谷くんのテーブルをさっと片付けると、お水を持って店の一番奥の二人掛けの席に移った。

「話って何？」

神谷くんは水を一気に飲むと、姿勢を正して私の目をじっと見つめた。

あまりに真剣な表情に、深刻な話なのかもしれないと、緊張が走る。

「もう一度、桜とやり直したい」

「え？」

それは予想もしていなかった言葉だった。

「あの頃の俺は、すごく子供で自分のことばかりで桜の気持ちをわかってあげられなかった。だけど、少なくとも今の俺はあの時より大人になった。だから考えてほしい」

考えてって……。

「神谷くん、私ね」

「返事は今じゃなくていい。むしろ今はやめてほしい。ちゃんと考えてから返事してほしいから」

私は、何も言い返せなかった。

「う、うん」

考えてって言われても、私は一応人妻だし、隼人さん以外は考えられない。

それがたとえ私の片思いでも答えは同じ。

「悪い、もう行かなきゃいけない」

「うん。気をつけて」

「ああ、じゃあ次は同窓会で」

神谷くんは軽く手を振って店を出た。

「桜、大丈夫か？」

伯父は気になっているのか心配そうに私を見た。

「大丈夫。大丈夫」

これ以上、伯父に心配はかけられない。

伯父はこの日珍しく店を少し早めに閉めた。

帰り際に伯父は私に今日買ったプリンを二個くれた。

何も言わないのは伯父の優しさだろう。

だけど、今日はあまりにもいろんなことがあって心は乱れていた。

晩御飯の買い物をしないとと思うものの、頭がごちゃごちゃで買い物をする余裕がなかった私はそのまま家へ向かった。

帰宅すると冷蔵庫の中を確認する。

あるもので何品か作れることを確認すると、一旦キッチンから離れソファに座った。

ご飯の支度をしなきゃいけないのはわかっているけど、隼人さんが謎の美女と楽しげに歩いている姿が頭から離れない。

あれは浮気なの？

樋口さんはアメリカにいた時の知り合いだと言ったけど、どう見ても友達以上に見えた。

それにしても二人の歩く姿は、悔しいぐらいとてもお似合いだった。

私なんて隼人さんと並んでも不釣り合いなだけなんだろうな。

出てくるのはため息ばかり。

悶々としていても仕方がないと、重い腰を上げキッチンへ戻ろうとした時だった。
隼人さんからメールが届いた。
《申し訳ない。急用で帰りが遅くなる。ご飯は先に食べてくれていい》
「先に食べて……か」
結婚してから晩御飯だけはいつも一緒だった。
それが唯一夫婦だと感じられる時間だったのに……。
でもよくよく考えたら、そう思っていたのは私だけだったのかもしれない。
隼人さんは社会的信用のため私と結婚をした。
相手は誰でもよかった。
そんな二人が本物の夫婦になれるなんて現実的には無理だったのかな？
考えれば考えるほどネガティブになる。
一応夕飯は作ったものの、食欲のなかった私は早々と自室に入り、ベッドに潜った。
起きていると嫌なことばかり考えてしまうからだ。
だけど、自分の思いとは裏腹になかなか寝付けず、何度も寝返りを繰り返した。
どのぐらい経っただろう。
ドアを開け閉めする音が聞こえた。

隼人さんが帰ってきた。

本当だったら、お帰りなさいと言うべきなんだろうけど、あんな場面を見てしまった後に何もなかったかのように振る舞う自信がなかった。

しばらくすると私の部屋のドアをコンコンとノックする音が聞こえた。

「桜……」

彼の私を呼ぶ声が聞こえた。

「桜……話があるんだが……起きているか？」

起きている。でも話って何？　まさかさっきデパートにいた女性のこと？

嫌、聞きたくない。

だって聞いたら私はもうここにいられなくなる。

嫌われたっていい。だけどもう少しだけあなたの側にいさせてほしい。


翌朝、いつもより早く目を覚ました私は、着替えを済ますと洗面所で顔を洗った。

洗顔して肌はスッキリしたのに、表情は冴えない。

私は鏡に映る自分に、笑顔だよと口の端に指を当てぐっと上に引き上げた。

だけどやっぱり不安は拭えず朝からため息ばかり出てしまう。

「はーあ」

「なんてため息ついてるんだ？」

「ええ？」

不意打ちに声をかけられびっくりした私は一歩後ろに下がった。

隼人さん、あなたのせいですよ。なんて言えるわけもなく……。

「最近顔のシミが増えたなーって思って」

としか言えない私はヘタレです。

「そうか？　俺にはシミはないように思えるけど……それより昨夜体調でも悪かったのか？」

体調というより心が絶不調だった。だけどそんなこと言えるわけもなく。

「いえ？　ただすごく眠くて……先に眠っちゃったんです」

「ならよかった」

隼人さんが安堵の表情を見せた。

「今朝食作りますね」

私は逃げるようにキッチンに入った。

本当は聞けるチャンスなんかいくらでもあるのに、私はいつも逃げてばかりだ。

一体何を恐れているの？

一緒にいられるなら相手に愛されなくてもいいじゃない。

そんなこと百も承知で結婚したんでしょ？

どうせ振られるのがわかっているのなら無理に告白なんかする必要はない。

いや、そうじゃないでしょ？

一生告白しないままで、あなたは満足するの？

心の中は葛藤《かっとう》でいっぱいだった。

ソファに座りながらテレビのニュースを真剣に見ている隼人さんを目で追う。

隼人さん、あなたは私と一緒にいて幸せ？

あなたの心の中を覗けたらいいのに。

「桜」

「は、はい」

一瞬私の心の中を覗かれたのかと思い、声がうわずってしまった。

「どうかしたか？」

「いいえ、突然呼ばれてびっくりしただけです」

隼人さんはクスッと笑うとスマートフォンを取り出す。

「そういえば同窓会があるんだったよね。今週だった？」

「はい。明後日です。すみませんわがまま言って。ご飯はちゃんと用意しておくので」

「いやそんなことはいいんだが……そうか明日か。で、会場はどこ？」

「南王《なんおう》プラザホテルです」

隼人さんはスマートフォンに、スケジュールを登録しているようだった。

でもなぜそんなことを？

だけどそれを聞く勇気さえ私にはなかった。


「桜……桜……おい桜」

「は、はい」

「どうした。今日はやけにぼーっとしてるが」

「別に」

心ここにあらず。

昨夜は隼人さんとハーフ美女のことでモヤモヤしていたが、私は肝心なことを忘れていた。

昨日私は、神谷くんからやり直したいと言われた。

もちろん答えはノー以外ない。

だけど……こんなことなら最初から隠さず正直に結婚していることを言うべきだったと、今更ながら深く後悔している。

本当に私ってダメダメだ。

それでもランチタイムになると店は顔馴染みのお客様でほぼ満席になる。

商店街で働く人が多くくるこの店では短時間で食べられるものが人気だ。

特に人気はナポリタン。熱した鉄板の上に溶き卵を敷き、その上にパスタを置く、昔ながらの感じが受けている。

ランチタイムが終わると、お客が一旦引く。

次にお客さんが来る時間帯は大体十五時以降だ。

常連客である商店街の皆さんは、夕方から忙しくなるので、ここで体力を温存すると言っている。

なので私と伯父は常連さんが来る合間に遅い昼食をとる。

伯父がまかないを作ってくれるので、交代で食べる。

「桜、できたぞ」

カウンターに出されたのは、親子丼。

お店のメニューとは無縁のものが出てくるところがまたいい。

しかも伯父の作る料理はなんでもおいしい。

実は伯父には奥さんがいた。この店を始めたのも奥さんの強い希望で、商社勤めだった伯父は会社を辞《や》めてこの店を開いた。

店の名前も奥さんが大好きだった海外の人気グループの曲のタイトルからとったと聞いている。

だけど、お店が軌道に乗りこれからだという時に奥さんが倒れた。

膵臓癌《すいぞうがん》だった。そのことを知った時にはもう手遅れで余命二ヶ月と宣告。

二ヶ月の間、懸命に看病したけど帰らぬ人となった。

落ち込んで仕事を辞めると言った伯父を私や私の両親が説得し、それから私がこの店を手伝うようになった。

大学生の頃からだからかれこれ五年になる。

伯父は姪の私が言うのもなんだがイケメンだ。

実は伯父目当てのお客様がいることを私は知っている。だけど自分のことには無関心で再婚する気はない。

伯父曰く、

「今は桜の子供を早く抱っこしたい」

というのが夢なんだとか。

残念だけど、その夢が叶う可能性は限りなく低い。

「ご馳走さまでした。伯父さんいいよ」

「じゃあ店頼むな」

「はい」

伯父はトレイに乗せた親子丼とお味噌汁を持ってバックヤードに入っていった。

お客さんは二名。お水のおかわりを聞いて回ると、カウンターに入った。

——私はどうしたらいいの？

答えも見つからず自問自答を繰り返していると店のドアが開き、チリンチリンとベルが勢いよく鳴った。

「いらっしゃいませ。何名さ——」

「桜いた！」

入ってきたのは公香だった。

「どうしたの？　珍しい」

だが公香は眉間《みけん》にシワを寄せカウンター席に座った。

「どうしたのじゃないわよ。なんでメールを無視するの？」

「え？　メール？」

公香は口を開け、あからさまに呆れ顔でため息をついた。

「もしかしてスマホチェックしてないの？」

「あっ……うん。ごめん」

昨夜は隼人さんのことで頭がいっぱいになり、スマートフォンを確認する余裕がなかった。スマートフォンをバッグに入れっぱなしのまま眠ってしまったのだ。

エプロンのポケットからスマートフォンを取り出し、メールを確認する。

「あっ……」

既読になっていないメールが二十件。

全て公香だ。

《明日、買い物に付き合って》

から始まり、その後スタンプが五個ほど続き、

《おーい。大丈夫？　何かあった？》

心配メールに変わり、スタンプも同じような感じのものが六個。

それでも既読がつかないので、連絡頂戴というスタンプが連打で計二十。

「ごめん、全く気づいてなかった」

「でしょうね。とりあえずアイスコーヒーちょうだい」

「うん」

グラスにコーヒーを凍らせた氷を入れ、コーヒーをグラスに注ぐ。

「はい、アイスコーヒー」

「ありがとう。それで？　今日は行けそう？」

「うん。その前に公香にちょっと聞いてもらいたいこともあるの」

すると公香の表情が見る見るうちに好奇心に満ちた目つきに変わる。

「何？　すごく気になるんだけど」

「それは後でね」

公香は口を尖らせながら「なーんだつまんない」と言いながらアイスコーヒーを飲んだ。

しばらくするとお昼を終えた伯父が戻ってきた。

「公香じゃん。久しぶりだな」

「マスターお久しぶりです」

何を隠そう公香は過去にここでバイトをしていたことがあるのだ。
伯父と公香が話をしている間に私は隼人さんにメールを入れた。
《今日、円城寺さんと買い物に行くので帰りが遅くなりますがいいですか？》
するとすぐに返事が届く。
《せっかくだからゆっくりしておいで、食事も適当に済ますからいいよ》
とても優しいメール。
だけど私は、それを素直に受け止められなかった。
もしかして私がいない間に昨日のハーフ美女とまたデートでもするんじゃないかと
……。
こんな風にしか考えられない自分が嫌でたまらない。

少し早く上がらせてもらい、公香と最寄りの駅で待ち合わせをした。
公香は明日の同窓会用の服が欲しいらしい。
私はというと、神谷くんのこともあり、同窓会に対しすごく消極的だ。
できれば欠席したい気分。
だけど家にいれば、モヤモヤが増すばかりで八方塞がりだ。

ファッションビルに着くと、公香の顔が真剣になる。

「桜は何着てくの？」

公香は気になったものを何度も胸に当てるのだが、いまいちこれというものがないのか首を傾《かし》げている。

それに引き換え私は何も考えてなかった。

「何も。家にあるものでいいかなーって」

「なんでよ。隼人さんにおねだりしてみたら？」

「お、おねだり？」

驚く私に公香の手が止まる。

「ねえ、おねだりしたことないの？」

「おねだりしてまで欲しいものがないというか……」

公香は服を元の場所に戻した。

「ねえ、昼間も元気なかったけど姫野さんと何かあったの？」

「……うん。ちょっとね」

「わかった。ご飯食べに行こう……いや、私の部屋に行こう」

「ええ？　でも公香、服買いに来たんじゃないの？」

「いいって。今は服よりも桜の話の方が大事なの」

結局公香は服を買わず、ファッションビルの近くにある人気スイーツ店でケーキやクッキーをたくさん買うと、私たちは公香の住むマンションへ向かった。

「今日は彼氏いないの？」

公香は小説家の彼氏と半同棲中だ。

「最近、深夜のコンビニエンスストアでバイト始めたの。そこまで働かなくても私が何とかするっていうんだけど、それじゃあいつまで経っても私の親に挨拶にいけないって」

公香もいろいろあるんだな。

でもそれを表に出さない彼女がすごく大人に見える。

「でもそれって公香のご両親に認めてもらいたい。公香と一緒になりたいってことなんでしょ。素敵だな」

「まあね。って今日は私の話じゃなくて桜の話。なんかあった？」

「うん……何から話そう」

「何からって、いくつあるの？」

驚きと、好奇心に満ちた公香。

まずはアメリカから来た隼人さんの友人だというスタイル抜群のハーフ美女が社長室にいたこと。

そしてデパートで二人が仲睦《むつ》まじそうに歩いていたこと。

でも隼人さんに聞く勇気がないことを話したのだが……。

「姫野さんにちゃんと聞きなさいよ」

想像通りの反応に何も言い返せない。

「わかっているけど……知るのが怖いの」

案の定聞こえてきたのは呆れたと言わんばかりのため息だった。

「そうやっていつまで逃げるつもりなの？　そのうち本当に愛想尽かされちゃうよ」

公香の言う通りだ。

もしかするとすでに愛想尽かしているかもしれない。

「もう！　そこは否定しないと……それとさ、人って話さないとわからないよ。よく言わなくたってわかるだろって言う人いるじゃない。あれは違うよ。エスパーじゃないんだから言わないと伝わらないから」

「うん」

確かにそうよね。

だって逃げてたらいつまで経ってもスタートできない。

それに元々私たちは両思いでもなんでもない。

私たちはマイナスからのスタート。

結婚できるならずっと片思いでもいいとさえ思っていた。

それが一緒に暮らしているうちに、相手も私のことを好きであってほしいと欲張りな気持ちが生まれていたんだ。

「その様子なら大丈夫そうね。ところで……話ってそれだけじゃないよね」

そうだった。

「実はね……」

神谷くんが店に来て、やり直さないかと言われたことを話した。

「はあ？　何それ。もちろん結婚してるって言ったわよね？」

確認するように問われたが……。

「それが……」

返事はもちろんのこと事実を話す余裕がなかったことを話すと、再び聞こえてきたのは呆れたため息だった。

「全くあんたって子は……で？　どうするの？」

「神谷くんには結婚していることを話す」

「でもいつ言うの？」

「明日の同窓会で」

結局、自分のズルズルの性格が招いたこと。そのツケが来たのだと思った。

「もう現実から逃げないよ。自分の素直な思いを隼人さんにも神谷くんにも伝えるから」

「わかった。私は側で応援するよ」

「ありがとう公香」

帰りに公香は買ったケーキをお裾分けしてくれた。

「二人で仲良くね。じゃあ明日」

「うん、明日」

公香の家を出て時計を見ると晩御飯の支度が十分できる時間帯だった。

すると伯父から電話がかかってきた。

商店街の人から野菜や肉をたくさんもらったそうなのだが、店は明日定休日で今日明日中に使った方がいい野菜もあるから取りに来ないかということだった。

私は今からすぐ取りに行くと言って、店に戻った。

店に着くと伯父の言う通りたくさんの野菜、それに、肉まで。

「一体どうしたの？」

「簡単に言うと売れ残り。明日はこの一帯の商店街が休みだろ？」

そう言われればそうだった。

思ったよりも客足が悪く、店の人たちが伯父に安くするから買ってと言うので買いに行ったらこれでもかってほどおまけしてくれたというのだ。

「自分が持てる量にしとけよ。ここから自宅まで距離もあるしな」

「大丈夫だよ。これぐらい」

「だったら旦那に頼んだらどうだ。毎日ってわけじゃないし今日ぐらいいいんじゃないか？」

伯父の一言で、ハッとする。

『おねだりしたらいいじゃん』

と言った公香の言葉だ。

結婚しているんだし、待ってるから一緒に帰ろうって言うぐらい大丈夫だよね。

時計を見ると、ちょうど隼人さんがいつも退社する時間だ。

大きなトラブルがなければ大概この時間に帰る。

「そうだね。私直接隼人さんのところに行ってくる。まだ公香と会ってると思ってるから驚かしに行ってくる」

店を出て横断歩道を渡り、通用口の方へ向かっている時だった。

ホテルの正面入り口で一際オーラを放つ女性がいた。

——あの人。

そう、隼人さんのお友達だと言う女性だった。

黒のVネックのワンピースに身を包み颯爽と歩く姿。

やっぱり彼女と並んだら誰も敵わない。

そんなことを思いながら歩いていると、正面の自動ドアがスーッと開き、中から隼人さんが出てきたのだ。

女性は隼人さんを見るなり、

「隼人、おそーい」

と上目遣いで彼をみた。

「悪い悪い、じゃあ行くか」

「うん」

腕は組んでいないものの、二人の距離はかなり近かった。

そして二人の前に一台の高級車が止まった。

運転士が後部座席のドアを開けると、先に女性を乗せ、次に隼人さんが乗った。

ドアを閉め、運転士が車に乗り込むと、車は繁華街の方へ消えていった。

私はそれを呆然とみながらしばらく立ち尽くした。

——今のは何？

知りたいけど知る術などない私は、肩を落としながら店へと戻った。

「ただいま」

「旦那には会えたか？」

私は首を横に振った。

「なんか仕事が忙しそうだったから、やめた」

本当はそんなんじゃない。

だけど伯父を心配させたくなかった私は小さな嘘をついた。

「伯父さん、せっかくもらった野菜だけど、ちょっと減らしていい？」

「ああ……それはかまわないが」

私が相当ショックを受けてると感じたのだろう。

「なんか作ってやるから食べていけ」

と言ってくれたが、そんな気には到底なれず、断った。

私の足は高級マンションではなく実家に向かっていた。

「ただいまー」

突然帰ってきた私に両親は口をポカンと開けていた。

「もう、なんて顔してるの？」

「だって、連絡もなしにいきなり帰ってきたら誰だってこんな顔するわよ。一体どうしたの」

「ん？　ちょっと実家が恋しくて」

「あらあら夫婦喧嘩でもしたの？」

夫婦喧嘩するほど私たちはお互いの本音をぶつけ合ったことなどない。

「違うわよ。これを持ってきたの」

私は伯父からもらった野菜を母に渡した。

「あら、助かるわ。それならそうと早く言ってよ。お母さんあんたが喧嘩して家を飛び出てきちゃったのかと思ったわよ」

喧嘩はしてないけど似たようなものだ。

ハーフ美女と一緒にいたのを見た後に、どんな顔して隼人さんに会えばいいのかわからなかった。

「それより今日泊まってっていい？」

「いいけど……大丈夫なの？」

「大丈夫、隼人さんには連絡入れておくし、それに明日同窓会なの。こっちに着ていけそうな服があったか見てみたかったし」

母が信じたかどうかはわからないが、

「今からちょうどご飯を作ろうと思ってたのよ。桜も手伝って」

と言ってくれた。

「わかった」

久しぶりに母とキッチンに立った。高校の時はいつも母の作ったお弁当のおかずを自分で弁当箱に詰めるのが私の日課だった。

それ以外で母とキッチンに立つことはなかった。

エプロンを借りて、母の指示に従う。

「お父さんと二人だと作り甲斐がないのよ。最近はお肉もあまり食べなくなって魚ばかり、その魚も肉より高くてねー」

母のこんな何気ない会話も今の私にはありがたい。

「そうなの？」

「そうよーそれとちょっと聞いてくれる？　お父さんたらねー」

母は父がいないことをいいことに愚痴《ぐち》のオンパレードだ。

だけど結婚して母のありがたみを実感する。

母はよくしゃべるが手際もいい。

動きに無駄がないからあっという間に数品作ってしまう。

「すごいなー。私はお母さんみたいにこんなに手際よく作れないよ」

「そんなの私だって最初は桜と同じでゼロからのスタートよ。私の娘なんだからそのうちできるわよ」

母はそういうが、隼人さんといつまで一緒にいられるだろうか。

ダイニングテーブルには煮物に焼き魚、お浸し。それと唐揚げが並べられた。

生姜とニンニク。それに卵を入れて作る母の唐揚げは私の大好物。

食べるのも久しぶりの感じだ。

母のこういうさりげない優しさが今は心に染みる。

しばらくすると父が帰ってきた。

私が来ていることを知ると、母と同じようなリアクション。

そして母に言ったことと同じことを説明し、納得してくれた。

しかし、実家に帰るってそんなに理由がいるのかな。

これでもし私が出戻ったらどうなるんだろう。

きっと両親は悲しむだろうな……。

そうだ、一応連絡しておこう。

でも、もし実家にいると言ったら彼も来るかもしれない。

《公香の家に泊まってもいいですか？》

嘘をついてしまった。

《わかった。楽しんでおいで。それと例の社長就任パーティーが明後日あるからそのつもりで》

と返事が来たのは十分後だった。

「ええ？」

「どうかした？」

突然の大きな声に母がびっくりしたように声をかけて来た。

「な、なんでもない」

いや、なんでもないわけない。

社長就任パーティーがあるのは知っていたが、すっかり忘れていた。

最近いろんなことがありすぎたからだ。

こんな大事なことをなぜ私は忘れていたの？

でも何も準備してないし、それどころか、いくら好きでもない私との結婚でも多少の打ち合わせがあってもよかったのでは？

もちろん彼が忙しいのはわかってる。

メインは社長就任パーティーだし、結婚報告はおまけのようにしか思っていないかもしれない。

だけどメールで確認するってまるでやっつけ仕事のようにしか考えてないのかな。

電話してくれてもいいのに……。

「桜ご飯よ」

「はーい」

もうどうしたらいいの？

久しぶりの家族との団欒《だんらん》。おしゃべりでよく笑う母とそれを黙って聞く父、喧嘩もあったけど私はこんな二人に憧れていた。

いつか両親のような笑いの絶えない夫婦になりたいって。

だけど頭にチラつくのはハーフ美女と笑顔の隼人さん。

「やっぱりこの唐揚げ最高」

「当たり前よ。でもレシピは教えてあげられないわよ」

両親の前ではわざと明るく振る舞う。

「なんで？　いいじゃない。ねえ、お父さん」

「母さんの場合教えないじゃなくて、教えられないんだよ。調味料の配分なんて勘でやってるからな」

ぼそっと父が言うと、母はムキになって怒る。

騒がしいけど心地よかった。

「ところで桜、隼人くんとはうまくやっているのかな？　たまには一緒に遊びに来い」

「え？」

「そうよ。お母さんだって隼人くんに会いたいわ」

結婚式か……そういうのすっとばしていきなり明後日パーティーなんだもん。

隼人さんにはそういうの必要ないのかもしれない。

「どうかな。まだ隼人さん仕事が忙しそうで……」

と言葉を濁した。

食事が終わり後片付けをすると私は二階の自分の部屋に入った。

急に決まった結婚で、花嫁道具と言えるものは用意もできなかった。

この部屋も実家で暮らしていた時のままだ。久しぶりのベッドはちょっと寝心地が悪いというか、マンションのベッドが良すぎるのだろう。

起き上がるとクローゼットを開け、明日着ていく服を探した。

「これじゃない……これでもない……これ？」

姿見の前でワンピースを胸に当てては戻してを繰り返す。

どうしよう。これといっていいのがない。

諦めかけた時、ショップバッグから出してもいない服を発見した。

確かこれは、結婚する三ヶ月前に一目惚れした服だ。

ショップバッグごと持って中の薄紙を取る。

そうそう、この店私にはちょっと敷居が高いなと思ったけど、ショーウィンドウに飾られた服に一目惚れしたんだった。

それはベージュのシャツワンピースだった。

一見カジュアルに見えるが光沢があり、小物を使うことでエレガントに見せることができるとショップの人が勧めてくれた。

これに合うサンダルは……確かマンションにあった。

とりあえず隼人さんがいない時間帯に戻ってサンダルとバッグを取りに行こう。

……ってなんでこんなにこそこそしなきゃなんないのかな。

もう逃げないって決めたばかりなのに……。


翌朝、久しぶりに寝坊をしてしまった。

といっても実家だったことにホッとする。

「桜は今日何時に帰るの？」

一人遅い朝食をとっていると母が尋ねた。

「お昼前には帰るつもりよ」

「だったらこれを持っていきなさい」

そう言って母が差し出したのは、保存容器に入ったおかずだ。

「慣れない主婦業の疲れが出たんでしょ。朝起こしに行っても全く起きなかったし、昨夜も早く寝たんでしょ。今日ぐらい楽しなさい。これは隼人くんの晩御飯用に作っておいたから」

容器を受け取ると、ほんのり温かい。

きっと朝早く起きて作ってくれたんだろう。

「お母さんありがとう」

「こんなことぐらいしかできないけどね。たまには顔出しなさいよ。またおかず作っておいてあげるから」

「うん、ありがとう」

お昼すぎに母の作ってくれたおかずと、ワンピースを持ってマンションに戻った。

だが、部屋に入って違和感を覚えた。

私は隼人さんの寝室に入った。

——やっぱり。

——え？　昨夜隼人さん、帰ってない。

キッチンも家を出る前のままだし、隼人さんのベッドもいつものような乱れが全くない。

ふと頭に思い浮かんだのは、昨日ホテルの前で見たあの女性だった。

まさかあの人とずっと一緒にいたの？

ソファに座り天井を見上げた。

やっぱり……私じゃダメなのかもしれない。

どうしたらいいの？

きっと優しい隼人さんは自分から切り出すことはない。

私が行動すべきなのかな。

どうすることが隼人さんのためになるのか。


——トントン。

「社長」

「ん？　どうした？」

樋口は呆れた様子で入ってきた。

「昨夜帰ってないんですよね」

「ああ、エリーがきてから仕事が溜《た》まっててね。妻も友人宅に行ってしまったから」

正直誰もいない部屋に帰る気になれなかった。

桜と結婚するまでなんともなかったことが、今はできないなんて不思議なものだ。

「わかりましたが、今日は立て続けに会議がございますのでこちらにお着替えください」

樋口はスーツの入ったビニールカバーをハンガーラックにかけた。

「わかったよ」

「それでは失礼します」

樋口が部屋を出て一人になると、俺は椅子の背にもたれ大きなため息をついた。

この数日、本当に大変だった。

マクダーモンホテルニューヨークで働いていた時の同僚の、エリー・谷沢《たにざわ》とブライアン・ウェザリーが結婚し、新婚旅行が日本だと聞いたのは日本に着いた時だった。

俺を驚かせるためだと言ったが、せめて結婚したことぐらいは事前に知らせてほしかった。

それにしてもこの二人には散々振り回された。

エリーは父親が日本人で、母親がアメリカ人のハーフだ。

バイリンガルで俺と話す時は日本語を話す。

ブライアンは大のアニメ好きで、新婚旅行先を日本に決めたのも彼の希望だった。

エリーの方は神社仏閣《じんじゃぶっかく》にとても興味を持っている。

そんな二人だから趣味が全く合わないのだ。

そこでブライアンから、自分がアニメ関連のショップ巡りをしている間、かまってあげられないからエリーのことを頼む。それと東京見物に付き合ってほしいと頼まれたのだ。

俺も暇じゃないからずっとは面倒見きれないと言ったにもかかわらず、エリーは毎日社長室にやってきた。

仕方がないから仕事の合間を縫って東京見物に付き合った。

もちろん俺だけではない。

樋口にも協力してもらった。

樋口に関してはエリーから向こうでの仕事の様子をいろいろと聞けて勉強になったと言っていたが、二人の宿泊先はもちろん当ホテルなのだから二人が連日社長室に押しかけてきて大変だった。

二人が日本に来て三日目。

例のごとくエリーが社長室にやってきた。

「隼人が結婚したって聞いて、ニューヨークのスタッフはもう大騒ぎだったわよ。日本に帰ったのは社長になるためではなく結婚するためだっていう人もいたぐらいよ」

「そんなんじゃないよ」

「結婚式は挙げたの？」

「忙しくてまだだ」

「新婚旅行は？」

「それもまだ」

矢継ぎ早の質問に答えながらの仕事は大変だ。

だがエリーはおかまいなしに質問し続ける。

「なんなのそれ！　奥さんがかわいそうじゃない」

今度、近く社長就任パーティーがあるが、その前にこのホテルで結婚式を挙げる。

彼女の驚く顔が見たいからまだ内緒にしていることをエリーに話すと、随分興奮していた。

「え？　ちょっと待って。すごいサプライズじゃない。結婚式っていつなの？　私たちが日本にいる間に挙げるの？」

偶然にもエリーたちの帰国は式の翌日だった。

「だったら私たちも参加させて」

「いいけど……」

それからはエリーから再び質問攻めにあった。

ドレスは？　指輪は？　ブーケは？

一応選んだものをエリーに見せたのだが……。

「え？　何これ……」

エリーからのブーイングに焦った。

「何が？」

「ドレスも、結婚指輪もブーケも及第点だけど……彼女に何かプレゼントした？」

強いて言えば食事をした時に用意した服ぐらいだが、そんなことを馬鹿正直に話したら、それだけ？って文句を言われそうで。俺が答えを探していると、睨まれた。

エリーの中では、すぐに答えない時点でアウトだった。

「パッと言葉が出てこないという時点で何もプレゼントしていないってことよ。決めた！」

「何を？」

「決まってるじゃない。隼人の奥さんへのプレゼントを買いに行くのよ」

「いや、それはちゃんと考えるから」

「考える？　信じられないわ。そもそも隼人、あなた奥さんのこと愛してるの？」

「愛しているよ」

向こうはどう考えてるかわからないけどね……。

「じゃあ、行きましょうよ」

その時、ブライアンから電話がかかってきて、エリーは独特の甲高い声でケラケラ笑いながら英語でお土産と桜へのプレゼントを買いに行くと説明していた。

ブライアンとは後で落ち合う約束をした。

「で、奥さんってどんな人？　私会ってみたいわ？」

嬉しそうに社長室を出ると樋口が立っていた。

「ちょうどいい時に。悪いがちょっと外に出る。何かあったら連絡くれ」

「はい。それと」

樋口が手に持っていたのは桜が配達の時にいつも持ち歩いているトートバッグだった。

「今しがた奥様が……」

「え？」

すると桜が急いでエレベーターではなく階段を降りていくのが見えた。

俺の後ろでは樋口が妻が来たことを話したのか、エリーが会いたかったと後悔していた。

「樋口」

「はい」

「彼女何か言ってたか？」

「いえ、特には……」

まさかエリーがいたから？　別に入ってきてくれてよかったのに……。

そして俺はエリーと一緒にデパートにやってきた。

お土産を買うなら東京見物を兼ねて浅草《あさくさ》あたりがいいと言ったのに、エリーは近隣のデパートに行きたいというのだ。

外国人向けというよりは日本人向けの店のような気がしたが、本人が行きたいというのを拒むことはできないから従ったのだが……。

彼女はいきなりデパートにある有名ジュエリーブランド店に入ったかと思うと、店員に

「ダイヤの指輪を見せてほしいの」

と言い出した。

「指輪を買うのか？　ブライアンは――」

「買うのは隼人、あなたよ」

「え？」

すると別室に案内された。

もちろん店員は俺とエリーが婚約者同士だと思っただろう。

エリーにどういったものがいいのか質問するのだが……。

「私のじゃないの。この人の奥さんへのプレゼントできたの」

店員はかなり驚いた様子で、

「失礼いたしました」

と謝った。

「いいです。間違って当然ですよね。すみません」

と俺も謝る。

だがエリーは我が道を行くというのか、

「隼人がちゃんとしないからじゃない。早く奥さんのイメージを伝えなさいよ」

とかなりの上から目線だ。

「彼女は二十七歳。服装はカジュアルな感じが多いです。で、仕事柄普段はアクセサリーはしないです」

「かしこまりました。それではいくつかご用意いたしますので、少々お待ちくださいませ」

ショーケースから数点の指輪を取り出す。

その様子を見ているとエリーがニヤリと笑った。

「な、なんだよ」

「奥さんの話をする時の隼人って……フフフ、笑える|」

「な、なんだよそれ」

本当に思ったことをすぐ口にする。

「そんなに奥さんのこと愛してるんだったらなんでもっと早く行動に移さないのよ。やっぱり女性は特別が欲しいものなのよ」

俺だってそうしたかったよ。

だけど、指輪をあげたことで彼女の重荷を増やしたくなかった。

好きじゃない男からもらっても嬉しくないだろうし……。

「お待たせいたしました」

店員が数点の指輪を俺の前に出した。

粒の大きさはもちろん、カットもさまざま。リングの幅もそれぞれ違う。

「普段あまりアクセサリーはなさらないとのことですので、シンプルなものをピックアップさせていただきました」

ダイヤを手に取り彼女の指にはめた姿を想像する。

もらって嬉しいかどうかなんて今はどうでもいい。

ただ、彼女に似合う一つを選んでいる時間がすごく楽しかった。

「もうー、頭の中奥さんのことでいっぱいだって感じが顔に出てるよ」

横からちゃちゃを入れるエリーを無視し真剣に選ぶ。

「すみません。これをお願いします」

選んだのはとてもシンプルなブリリアントカットダイヤモンドのプラチナリング。

「かしこまりました。それで奥様のリングサイズはおわかりでしょうか?」

リングサイズなんてわかるわけない。

「すみません、このままでいいです。もし合わなければ直してくれるんでしょ?」

俺の代わりにエリーが代弁してくれた。

「大丈夫です。サイズのお直しは無償《むしょう》でさせていただきますので」

勢いで買ったものの、現実に戻る。

これを喜んで受け取ってもらえるだろうかと不安が襲う。

「あら？　喜んでくれるのか不安なの？　大丈夫、絶対に喜んでくれるわよ。いいなー。私の指輪がかわいそうに思えちゃうほど素敵だった」

まさかエリーに励まされるとは……。

指輪を買って店を出るとちょうどブライアンから電話がかかってきた。

俺たちはデパートの入り口で落ち合い、二人をホテルまで送った。残った仕事を済ませてから帰ろうと思い、桜に遅くなることをメールし、そのまま社長室へ。

「樋口まだいたのか」

普段なら帰っている時間なのに……。

「社長、まだお仕事なさいますか？」

「そのつもりだが……」

「今日はお帰りください」

「なんで？」

「急ぎの仕事はございません。今日は奥様とゆっくりなさってください」

樋口の視線は俺の手に持ったジュエリーブランドのショップバッグに向けられていた。

「いや、別に今日渡すわけじゃ」

「社長、こういうものは早いうちがいいんです。お帰りください」

なんだか無理やり帰らされているような気がしないでもないが、樋口の言う通り帰ることにした。

なんて言って渡したらいいかな？

頭の中で予行演習するがどれもパッとしない。

花束と一緒にと思ったが……受け取ってくれなかったら最悪だ。

まずは彼女の様子を見てから決めよう。

玄関にショップバッグを隠すように置いて、何食わぬ顔でリビングに入る。

だが、彼女の姿はない。

ダイニングテーブルには食事の用意がしてあった。

俺の帰りが遅いと思って自分の部屋に入ったのか？

彼女の部屋の前に立ち、コンコンとノックをする。

だが返事がない。

今日、急いで店に戻ったみたいだったから、もしかすると仕事が忙しくて先に寝たのかもしれない。

さっきまでどうやって渡そうかと考えていたが、無駄足だったのかな？

それとも今はその時期ではない……のかもしれないな。

玄関に戻るとそれを自分のカバンの中にしまう。

せめてパーティーの前に渡したい。

そして結婚して初めて一人で食べる晩御飯。

結婚する前はそれが当たり前だったし、寂しさなんて全くなかったのに、結婚して変わった。

一人で食べるご飯がこんなに寂しいものだとは……。

もう彼女なしの生活は考えられなくなっていた。

翌朝、彼女は疲れていつの間にか寝てしまったと俺に謝った。

だが、どことなく元気がない。

「大丈夫？」

と声をかけたが、返ってきた言葉は、

だった。

全くそう感じなかったから聞いたのに、俺じゃあダメなのかな……。

「大丈夫」

そんなことがあったことなど全く知らない新婚ラブラブカップルは、今日も社長室にやって来た。

全く、俺を社長だと思ってないのはあいつらだけだ。

「ねえ、早く仕事終わらせてよ」

エリーが言うとブライアンも頷く。

「だから、仕事があるんだよ。そもそも俺に東京見物を頼むこと自体おかしい」

訴えたところでどうなるものでもなく、

「新婚旅行の半分が終わっちゃったのよ。東京見物！　浅草、原宿《はらじゅく》、六本木《ろっぽんぎ》！」

俺をなんだと思ってるんだ。

ただでガイドをしてくれる人としか思ってない。

「ところで奥さん喜んでくれた？」

「え？」

俺のリアクションでエリーは気づいたんだろう。

「ちょっと！　貴重な時間を隼人のために使ったっていうのにまだ渡してないの？」

怒ったり笑ったり忙しいやつだ。

「俺がいつ渡したっていいだろ？」

先に寝てたなんて言ったらまた余計なことを言われると思い、誤魔化《ごまか》す。

「いつ渡したっていいわけないでしょ？　サプライズはもうすぐよ。わかってるの？」

「わかってる」

断言したものの、本当にサプライズできるのか少々不安になる。

はぁー。

毎日これじゃあ正直仕事も手につかないので、今日だけだと言う条件付きで東京見物に同行することになった。

急ぎの仕事を午前中に済ませ、午後から彼らに付き合うことになった。

初めての日本。

アニメのことはこの際置いとくとして、外国人から見た日本は、

「ファンタスティック！」

なのだそうだ。

だが外国映画に出てくる日本をイメージしていたブライアンは、芸者がいないとか着物姿の女性がいないとか……アニメには詳しいのにそれ以外は全然わかっていなかった。

「隼人、次行こう!」

「はいはい」

時計を見ると、結構な時間になっていた。

これじゃあ昨日と変わらないし、ご飯まで付き合えと言われそうだ。

だが、この二人と次いつ会えるかわからないし、やれることはやってあげたいという思いがあった。

とりあえず桜に連絡だけでも入れておこうとスマートフォンを取り出すと、桜からメールが届いていた。

友人の円城寺さんのところに泊まりたいとのことだった。

嫌とは言えなかったし、今朝の様子をみると俺との生活にストレスを感じているのかもしれない。

《わかった。楽しんでおいで》

と返事を送った。

その後、二人のいろんな日本食が食べられるところに行きたいというリクエストに応えて居酒屋に行くことにした。

両親がよく連れてってくれた、実家のあった場所の近くの居酒屋だ。

もちろん俺は運転手だったから酒は飲まなかったが、二人はすごく喜んでくれた。

二人は翌日日本のテーマパークに行くと言うので俺のガイドは一旦これでおしまいだ。

「隼人、明後日奥さんに会わせてね」

「あっ、ああ」

「それまでに例の指輪、渡しておくのよ」

彼女は明日同窓会があるから会えるかどうか定かではない。

「わかった?」

何も知らないエリーは俺に念を押す。

「わ、わかったよ。じゃあおやすみ」

「おやすみ」

「オヤスミナサイ」

二人に見送られた俺は自宅には戻らず、社長室で溜まった仕事を片付けた。

家に帰るぐらいの余裕はあったが、誰もいない家に帰りたくなかったのだ。

指輪……渡せるかな？

机の引き出しから先日買った指輪の入った箱を取り出す。

「会いたいな」

一日会えないだけでこんなに凹むなんて……。

彼女への思いの大きさに自分自身が驚いていた。

そんなわけで、社長室に泊まった俺はスーツに着替えた。

そういえば、今日は桜の同窓会だったな。

帰ってきたタイミングで渡せたらいいな。

――トントン。

「社長、準備の方はお済みでしょうか」

「ああ」

ガチャッとドアが開き、樋口が入ってきた。

「どうせ朝食もお済みではないでしょうから、こちらをお持ちしました。今日は会議が立て続けにございますのでよろしくお願いします。二十分後にご移動願います」

そう言ってサンドイッチとコーヒーの乗ったトレイをローテーブルに置き、部屋を出て行った。

ソファに移動し、朝食をとる。そしてコーヒーを一口飲んですぐに置いた。

やっぱり桜の淹れたコーヒーが一番好きだ。

「会いたいな……」

口に出した言葉、一人なら素直になれるのに……。

再び樋口がドアをノックした。

「社長、お時間です」

「わかった」

ぬるくなったコーヒーを飲み干すと、社長室を後にした。

それからは会議や打ち合わせ、会食と来客。

エリーたちが来ないのをいいことに樋口の鬼のようなスケジュール。

そしてエリーたちから頻繁《ひんぱん》に届くメールは、テーマパークで楽しそうな二人の画像ばかり。

俺と桜だって行ってないのに。

そうだ、俺たちデートらしいデートすらしてない。

「樋口」

「はい」

「休みが欲しい」

「はい？」

「だから、三、四日、いや二、三日でもいい。連休できるよう調整してくれ」

樋口は、

「承知しました。エリーさんたちのおかげですかね」

といいながら笑っていた。

「なんで彼らが出てくるんだ」

まるで俺が鈍感だと言っているようにしか聞こえない。

樋口は俺の質問には答えず、口元を緩ませていた。

長い一日が終わり、一息ついたところで時計を確認する。

「十九時か……」

今頃桜は同窓会なんだろう。

ってことはあの神谷って男も一緒なのだろう。

何もなきゃいいけど……。

そう思いながらにスマートフォンを出し、メールを確認した俺は自分の目を疑った。

《隼人さん　しばらく実家に帰らせてもらいます》

どういうことだ。

何があった？

考えても考えてもその理由が思い当たらない。

だが最近、彼女の様子はいつもと違っていた。

大丈夫といいながらも元気がなく、急に友達の家に泊まると言ったり……。

やはりあいつのせいか？

今話さなきゃ。

会って俺の気持ちをちゃんと伝えないと手遅れになる。

確か同窓会の会場は南王プラザホテルだったな。

ここから近いし、話を聞くなら家よりここの方がいい。

「樋口！」

社長室を飛び出し、秘書室にいる樋口を呼んだ。

「社長、どうかなさいましたか？」

「悪いが部屋を一つ取っておいてくれ」

「お部屋ですか？」

「ああ、なるべくいい部屋で」

「かしこまりました」

「俺は、妻を迎えに行くからそれまでに用意しておいてくれ。あと、花。花を飾っておいてくれ」

「は、はい」

俺が焦っているのがわかったのか樋口はすぐに行動に移った。

俺は一旦社長室に戻ると、机の引き出しから指輪の入った箱をポケットに忍ばせた。

そして急いで南王プラザホテルへ向かった。


「はー」

駅で公香を待ちながら何度もメールを確認する。

既読がつかないのはまだあのメールを読んでいないからだろう。

あんなメールを送ってよかったのかな。

こういう変な時の行動だけは早い。そんな自分が嫌になる。

本当はすごく会いたいのに……。

でも私がいない方が隼人さんのためじゃないかと思ったら勝手に手が動いていた。

実家に帰らせていただきますなんて、実家の母にも話してないのに。

私っていつもこうだ。

神谷くんの時だって一方的に終わらせて、今回の隼人さんも似たようなものだ。

結局逃げてばかり。

全然成長してない。

「あーばか」

「何がばかよ。遅れたって言っても二、三分じゃない。許してよー」

いつの間にか公香が来ていたのだ。

「ごめん、ちょっと独り言」

「ねえ、わかってると思うけど、今日ちゃんと神谷くんに言いなさいよ」

ああ、それもあったんだ。

隼人さんのことばかり考えていて、そのことをすっかり忘れていた。

「ちょっとーその顔……忘れてたんじゃないの？」

「はは……とりあえず行こうか」

「そうだね」

すっきりしないまま、私たちは同窓会の会場である南王プラザホテルへ向かった。

エントランスに入ると正面にエスカレーターがある。

会場は二階の曙《あけぼの》の間というところらしい。

曙の間の入り口で受付を済ませ中に入るとすでに多くの人で賑わっていた。

「なんかすごいね」

「うん、横山先生の退職祝いも兼ねているから多いのかもね」

「確かに」

すると会場の向こうの方から女性二人が私たちの方へ向かって歩いてきた。

「公香と桜？」

「由美と和恵だよね」

「『お久しぶり！』」

四人の声が重なり合う。

公香とは頻繁に会っているが由美と和恵はメール以外音信がなく、実際に会うのは恐らく四年ぶりだろう。

最後に会ったのは確か由美の結婚式。

「元気だった？」

お互いの近況報告が始まった。

まず由美だが、四年前に結婚をし現在は一児の母だとは知っていたが……。

「もしかして二人目？」

「そのもしかしてなんだ」

由美のお腹が少し膨らんで、ワンピースの上からもわかるほどだ。

そして和恵の方は、

「じゃーん！」

左の薬指に光る眩《まばゆ》い光の指輪。

「もしかして結婚？」

「そのもしかしてです。今日二人に絶対に来てほしいとお願いしたのはこれを渡すためでした」

そう言って手渡されたのは結婚式の招待状だ。

しかも式場を見て、私と公香は顔を見合わせて驚いた。

「マクダーモンホテルで？」

「そう。私あのホテルで結婚式をするのがすごく憧れで」

「そうなんだ。おめでとう」

和恵は幸せそうに微笑んでいた。

それに引き換え私は籍は入れたものの何もしてない。指輪はもちろん結婚式も……。

結局、隼人さんにとって私はその程度の相手なんだと思わざるを得なかった。

「二人は出席できる？」

「もちろんよ。ねえ、桜」

「うん。出席させてもらいます」

「ありがとう。ところで桜は今もあの喫茶店で？」

「うん」

「そうかー」

二人は私に大きな変化がないと思っているのかそれ以上何も聞いてこなかった。

でも今の私にはありがたかった。

しばらくみんなと思い出話に花を咲かせていると、会場の入り口がざわざわしだす。

「どうかしたのかな？」

公香が背伸びしながら入り口の方を見ると、女性たちに取り込まれている神谷くんが見えた。

「すごいわ、相変わらず人気は衰えを知らないってああいうことを言うのね」

低く冷めた公香の言い方に私は苦笑い。

でも他の二人は違った。

「ちょっと、彼神谷くんじゃない？　なんかさらにかっこよくなってない？」

「イケメンがいるだけで会場の雰囲気が変わるって感じ？　すごいね」

二人ともパートナーがいるけど、神谷くんを見る目は完全にハートになっていた。

「桜わかっているね」

そんな中私と公香だけは違っていた。

「わかってる」

と返事をしたものの、これだけ注目を集めている神谷くんにどのタイミングで返事をしたらいいものか……と、その時だった。

公香が私の服をひっぱった。

「ちょっと、あいつがこっちに来るよ」

「え？」

神谷くんのいる方に視線を向ける。本当に私たちの方に来たのだ。

「こんばんは」

「こんばんは」

四人が一斉に挨拶するも声のトーンはさまざまだ。

言うまでもないが公香は限りなく低く、他の二人は地声よりワントーン高かった。

「みんな元気そうだね」

「そういう神谷くんだって、すごいイケメンさんよね」

「あれ？　もしかして赤ちゃん？」

神谷くんは由美のお腹に気づいた。

「そうなのよー。あっ！　そうだ、神谷くんに一つお願いがあるんだけど」

「何？」

「お腹触ってくれないかな」

由美、一体あなたは何を考えているの？

私と公香は口をぽかんと開けて驚く。

「いいけど……」

と答えるも、神谷くんは戸惑っているようだ。

でも仕方ないよね。

だっていくら本人からのお願いだといっても人妻のお腹に触るって……夫でもないのに。

「違うんだって。この子男の子なの。神谷くんに触ってもらったらイケメンくんになるかなって……願掛けみたいな？」

「いやいやそれは由美の旦那に失礼なんじゃない？」

という公香に対し、由美は
「大丈夫よ。だからねっ。神谷くんお願い」

ここまで肝《きも》が据《す》わっていたら私たちは何も言えず、神谷くんも諦めたのか、

「失礼しまーす」

と、ぎこちない様子で由美のお腹を撫でた。

複雑な面持ちで見ている私たちとは違い、由美はかなりはしゃいでいた。

すると、同窓会の始まりを幹事の和田《わだ》くんが告げ、みんなそれぞれの席に着く中、神谷くんが、

「桜、後で返事聞かせて」

と私にしか聞こえない声で囁《ささや》くと自分の席の方へ行った。

幹事の和田くんと、横山先生の挨拶と乾杯で同窓会が始まった。

最初はみんな自分の席で食事をしていたが、そのうち席を立ち始めた。

私は公香と一緒に横山先生のところへ挨拶に行く。

先生は全然変わっておらず、退職後は住んでらっしゃる自治体の教育委員会の嘱《しょく》

託《たく》として、不登校の小中学生が通う施設で勉強を教えるとのこと。

先生らしいというか、横山先生にぴったりな仕事だと感じた。

挨拶を済ませ席に着こうとすると、神谷くんと目が合う。

「桜、神谷待ってるみたいだよ」

「うん」

「ちゃんと言っておいで」

「わかった。言ってくる」

公香に背中を押されるように私は神谷くんの方へ。

「返事を聞かせてほしい」

真剣な眼差しを向けられる。

もしこの眼差しが隼人さんだったらどんなによかったか。

でも神谷くんは隼人さんじゃない。

「神谷くん、実は私……」

そう切り出した時だった。

再び会場の入り口がざわつき始めた。

誰か遅刻してきたのかと思ったけど、どうもそういう感じではない。

「なんかあったのかな?」

神谷くんは入り口の方に目をやると、

「え? なんで?」

かなり驚いた様子に私も気になって入り口の方に目を向けた。すると一人の男性と思い切り目が合う。

──なんで? なんでここに隼人さんが?

隼人さんが焦った様子でこっちに向かってくる。

そして会場にいる人の視線が隼人さんに注がれる。

「あの人誰?」

「あんなイケメンいたっけ?」

颯爽と歩く彼の姿はかなり目立っていた。

「桜! 帰るぞ」

彼は私の名前を呼ぶなり腕を掴んだ。

ところがそれを阻止するように神谷くんが間に入る。

「マクダーモンホテルの社長さんが彼女になんの用ですか?」

張り詰めた空気が会場を覆《おお》う。

「彼女は僕の妻だからだ」

一斉に会場がざわつく。

無理もない。部外者がいきなり同窓会に乱入した。

しかも神谷くんは彼がマクダーモンホテルの社長だと知っている。

その彼が私の腕を掴んで妻だと公表したからだ。

きっと一番驚いているのは神谷くんだろう。

「桜、これは」

「ごめんなさい。彼の言う通り私、結婚してて……」

愕然《がくぜん》とする神谷くんに今何を言っても言い訳にしか聞こえないことをわかっているから、必要な言葉だけしか言えなかった。

「桜が君にどう言ったかわからないが、彼女は僕の妻だ。諦めてくれ」

隼人さんは一旦私の手を離すと視線を正し深々と頭を下げた。

「桜」

公香が間に入る。

「あとは私に任せて、姫野さんと帰りな。そしてちゃんと言うのよ。これが最後のチャンスなんだから」

「公香」

「円城寺さんだね。お願いします」

「ええ、私が説明します。だから姫野さん、桜のことお願いしますね」

「ああ」

会場がざわつく中、私は彼にしっかりと手を繋がれ会場を後にした。


なんで来たの？　と聞くのは野暮《やぼ》な質問だと思った。

きっと私の送ったメールに反応したのだろう。

流石に社長就任パーティー前に離婚なんて社会的に良くないのだろう。

隼人さんは私を車の後部座席に座らせるとそのまま車を走らせた。

車の中での会話は一切ない。

それが今の私たちの関係を表しているようだった。

ところが着いたのは、マンションではなくマクダーモンホテルだった。

しかも部屋はお見合いした時に話をしたあのスイートルームだった。

ルームキーを差し先に私を中に入れると彼はドアをしめた。

「なんで実家に帰るだなんて言うんだ」

「それは……」

言葉に詰まる。なんと言えばいいのだろう。

隼人さんはソファに座ると私を見上げた。

「それは……何？　悪いが俺は思っていることを全て話すつもりだ。だから君も答えてほしい。どうして実家に？」

私は彼の言葉に、公香との約束を思い出す。

彼が私のことをなんとも思っていなくても、ちゃんと話そう。

これがきっと最後のチャンスなのだから。

「私、ずっとずっと隼人さんのことが好きでした」

何から話せばいいのかわからず、いきなり告白してしまった。

「桜？」

やっぱり想像していた通り隼人さんは戸惑っている。

でも一度声に出したら止まらなくなっていた。

「隼人さんがお見合いするって聞いてすごくショックで、友人の公香……円城寺公香に相談したら彼女がお見合い相手だって知って、それでいてもたってもいられず私がお見合いするって言ったんです」

隼人さんは真実を知り、言葉をなくしたように驚いている。

そうよね。

好きでもない相手に好きだったって告白されたら、迷惑よね。

「だけどそれも今日でおしまいにしましょう。隼人さんを解放します。だから隼人さんは本当に好きな人と一緒になってください。それぐらいしか私にはできな——」

「ちょっと待ってくれ。嘘だろ？」

隼人さんは口を押さえ動揺していたが、突然立ち上がった。

「俺は君に嫌われているとばかり思っていた」

「え？」

「じゃあ、俺たちはお互いに思い合っていたのに、それに気づかなかったってことか？」

——え？　何を言っているの？　私たちが両思いだって言っているの？

「隼人さん？」

「一つ確認したいんだが、俺の本当に好きな人とは誰のことを言っているんだ？」

「それは……」

私はコーヒーの配達時に社長室から聞こえた女性の声、デパートでハーフ美女と仲良く話をしながら歩いている姿。

最後はホテルの前で二人でいる姿を見たことを告げた。

「じゃあ、部屋から出てこなかったことも、円城寺さんの家に行ったのも俺が原因だってことなんだ……」

愕然とする隼人さんだが、私は頭がこんがらがっていた。

「違うんだよ。彼女は確かにアメリカの友人だ。でも彼女は既婚者だ」

すると隼人さんは部屋の電話で誰かを呼び出した。

一体どうなっているの？

しばらくするとコンコンとノック音が聞こえた。

隼人さんがドアを開けると、
あのハーフ美女と、長身でハンサムな男性が入ってきた。

「紹介するよ。彼はブライアン・ウェザリーで彼女はその奥さんでエリー・ウェザリー。二人ともニューヨークのマクダーモンホテルで働いていて、現在新婚旅行中」

するとエリーが突然私に抱きついた。

「彼女が隼人の奥さんなの？　想像以上にかわいいー」

すると何故か私の左手を取り、隼人さんを睨んだ。

「ちょっと、順番が逆じゃない？」

なんのことか私はわからず戸惑う。

「仕方ないだろ、彼女が勘違いしていたんだから」

――勘違い？

隼人さんによれば二人がこのホテルに宿泊していてここ数日、東京を案内していたとのことだった。

旦那さんのブライアンさんが一人で出かけていたため、隼人さんが買い物などに付き合っていたのだ。

「そうだったんですか？　私はてっきり……」

事情を知った私は言うまでもなく、体の力が抜けた。

「桜、大丈夫か？」

隼人さんが駆け寄る。

「ごめんなさい。緊張の糸が切れたみたいで」

「桜？　ごめんなさい、私が隼人に頼ったばかりに誤解させせちゃったのよね？」

エリーが謝る。

「エリーさんは悪くないです。私が勝手に思い込んでいただけで……」

すると、ブライアンが私にぬいぐるみを差し出した。

それは人気テーマパークのキャラクターのぬいぐるみだった。

しかも男の子と女の子のペアのぬいぐるみだ。

「これは私たちからのプレゼント。このくまみたいにずっと仲良くしてね。そうだ明日は――」

と途中まで何か言いかけたのだが、途中でやめてしまった。

「それと……なんですか？」

「いいのいいの、なんでもないの」

エリーさんは慌てた様子でブライアンさんの陰に隠れた。

「それじゃあ私たちは部屋に戻るので……二人共仲良くね」

二人は慌ただしく部屋に戻っていった。

そして二人きりになった私は、もらったぬいぐるみを持ったままソファに座った。

隼人さんは黙って私の隣に座った。

「改めて謝らせてくれ。誤解を与えるような行動で君を悲しませてしまってごめん」

隼人さんが頭を下げる。

「違うんです。私が隼人さんに聞けば良かったことなんです。私はいつもこうなんです。真実を知ることが怖くて逃げてばかり」

「だったら俺だって同じだよ。君に嫌われているとばかり思い込んで……」

じゃあ本当に隼人さんは私のことを？

「私はまだ隼人さんの奥さんでいていいんですか？」

「当たり前だ。君が嫌だと言っても絶対に離さない」

今現実に起こっていることが夢のようで、私は自分の頬をつねった。

「痛っ」

「おい、何をしてるんだ？」

隼人さんは驚きながら私の顔を覗き込んだ。

「だって、夢じゃないかって。だって隼人さんが私のことを好きだなんてまだ信じられなくて」

「それは俺のセリフだよ。俺は君が友人のためだけに結婚を決めたと思い込んでいた」

「だからそれは……言えなかったんです。自分が弱くて」

すると彼が私の手をぎゅっと握った。

「弱いのは俺も一緒だ。君に嫌われるのが怖くて好きだと素直に言えなかった。それなのに思いばかり募って君の気持ちも考えず……キスを――」

「嫌じゃなかったです」

あんなに自分の気持ちを口にするのが怖かったのに、魔法が解けたみたいに自分の気持ちを素直に口に出していた。

「桜……」

「でもちょっと苦しかったです。好きだからキスしたのか、好きじゃなくてもできるのかってわからなくて」

「そんなの好きだからに決まっているだろ。好きすぎて……自分の理性を抑えるのに必死だったよ」

どうしよう。嬉しくて胸がいっぱいになる。

顔を上げると目の前には優しい笑顔があった。

隼人さんは私の手を自分の方に引き寄せ口元に運ぶ。

そしてキスを落とす。

「ずっと言いたかった。君を愛していると」

「本当に？　夢じゃないんですか？」

隼人さんは私を見つめ微笑んだ。

「夢じゃないよ」

彼の顔が近づき、私はゆっくりと目を閉じた。

唇が重なり合い、彼の柔らかい唇の感触に鼓動が激しくなる。

こんな日が来るなんて思っていなかった。

だって私は単なる身代わりだと思っていたから。

彼の舌が私の唇を割って入ってきた。

そして歯列をなぞるように口内を舐めまわされる。

息もつかぬまま今度は舌を絡ませる。

初めてのキスの時は、好きじゃないのにこんな濃厚なキスをする隼人さんの気持ちがわからなかった。

きっと私だけがドキドキしていてこの想いは一生伝わらないと思い込んでいた。

だけど今は違う。

私は堂々と彼に気持ちをぶつけられる。

慣れないキスだけど、私の想いを受け取って欲しくて、彼のキスを心から受け入れた。

離したくなくて、唇が離れてもすぐに求め合う。

どうしたら私の思いが届くの？

もっとあなたに触れたい。

部屋に聞こえるのは二人の荒い息遣い。

「俺の思いをもっと伝えたい」

耳元に唇を這《は》わせ囁く彼の声に私は頷いた。

クマのぬいぐるみはいつの間にか床に落ち、私たちは大きなベッドへ移動する。

怖くないかと言えば怖い。

だって生まれて初めてのことだから。

でもそれ以上に彼が好き、だから私を離さないで。

「このワンピース俺は知らない」

「これは隼人さんと知り合う前に購入したものです」

ワンピースのボタンを一つずつ外しながら私の緊張をほぐすように会話を続ける。

「神谷という男のためじゃないね」

「違います！」

どうしてもわかってもらいたくて語気を強めると、彼の手の動きが止まった。

「ごめん。俺は嫉妬深い男なんだ。彼に限らず君が男性と話をしているだけでも落ち着きをなくす」

とてもそんなふうに思えなかった。でも私もその気持ちがわかる。

「私も同じ気持ちです。エリーさんと並んで歩いていた隼人さんはすごく自然ですごく楽しそうだった。私にはあんな笑顔にしてあげられないって……」

「お互い好きなのに随分不器用なことをしていた」

「そうですね」

「だけどこれからは違う。君は俺のものだし、俺は君のもの。もう遠慮しない」

私たちは再びキスを交わした。

彼の手が誰にも触らせたことのない場所に触れる。

彼に触れられ、押し倒された時のような甘く自分じゃない声がベッドルームに響く。

恥ずかしくて唇を真一文字に硬く結んでも、与えられる刺激に耐えられなくなる。

「あっ……ああっ」

「もっと俺だけに聞かせて……」

恥ずかしいのに、どんどん自分が自分でなくなる。

「綺麗だ。この腕も、この足も、この胸も全て俺のものだからね」

彼の甘い愛の囁きに体がとろける。

薄暗い部屋に二人の声が混じり合う。

体中が敏感になって息遣いが短くなる。

「桜」

「隼人……さん」

身体中にキスを落としながら彼の手は徐々に下がっていく。

怖くなって、体に力が入るがそれは一瞬のことで私が隼人さんを受け入れる準備はできていた。

深くなる刺激に私は彼にしがみついた。

だけどその一方で私は大きな幸福感に包まれていた。

「隼人さん……」

「さんはいらない」

「隼人……好き……愛してる」

「俺もだよ……桜」

この瞬間世界で一番幸せなのは私なんだって思う。

幸せで、愛おしくて……そして隼人さんを愛することで、素直になることがどんなに大事なことかって学んだ気がする。

結婚して数ヶ月後に迎えた少し遅い新婚初夜だった。

部屋に広がるコーヒーの香りで目を覚ました私。

昨夜のことを思い出し、恥ずかしくてドキドキしていると、隼人さんが両手にマグカップを持ってベッドに腰掛けた。

「はい、目覚めのコーヒー。熱いから気をつけて」

「ありがとうございます」

と言って両手を出した時にふと手に違和感があった。

そして左手薬指に輝く宝石に私は固まった。

「隼人さん、これ」

指輪と隼人さんを交互に見る私を隼人さんは愛おしそうに見つめると、両手に持っていたマグカップをサイドテーブルに置いた。

「遅くなってごめん」

「とんでもないです。でもこんな高価なもの」

「すごく似合ってる。だけど今日は忙しくなるから覚悟してくれよ」

そうだ。今日は隼人さんの社長就任パーティーだった。

でもパーティーは夜だったはず。

ルームサービスの朝食を終え、着替えを済ますとどういうわけか、女性スタッフが部屋に入って来た。

「奥様、それではこれより準備に入りますのでご移動願います」

え？　移動ってこの部屋を出るってこと？

隼人さんをみるとソファでくつろぎながら笑顔を向けている。

「隼人さん？」

「いいから彼女についてって？」

言われるがまま部屋を出る。

そしてスタッフについていく。

え？　何？

案内されたのはまるで結婚式の控室《ひかえしつ》のような部屋だった。

すると三人の女性が現れた。

女性たちは私に挨拶をしたのだが。私はさっぱりわからない。

「あの……私よくわかってないのですが」

「これから奥様には花嫁になっていただきます」

「え？」

フィッティングルームには純白のドレスが用意されていた。

「まずはヘアセットから入りますね」

何がなんだかわからず、言われるがまま椅子に座ると、髪の毛がセットされる。

緩くふわっとした編み込みに、生花をさしていく。

まるで森に住むお姫様のようだ。

次はメイク。

普段あまりメイクに力を入れてない私。

人の手によってどんどん変わっていく自分に驚きを隠せなかった。

「奥様の肌はキメが細かいので羨ましいです」

「そうなんだ」

話をする余裕もない。

ヘアメイクが終わるといよいよドレスだ。

一体どんなドレスなの？

ドキドキしながらドレスを身につける。

「まあ、とてもお似合いです」

「そう……かな」

自分ではわからないというかこんなドレスを着たのも初めてでドキドキしかない。

私のドレスは背中が大きくあいたバックシャンドレスというものだ。

レーススリーブで形はAライン。

かわいらしさと色っぽさが半々という感じ。

「そうですよ。社長が自ら選んだドレスです。本当に奥様のことをよくご存知といいますか、選ばれている時の真剣な姿。愛されてるって思いました」

え？　このドレス隼人さんが選んだの？

それだけで胸がいっぱいになる。

そして靴を履くと、ブーケを渡された。

そのブーケと、私の髪にさした花は同じものだった。

鏡に映る自分の姿をマジマジと見て、これが私？　と疑う。

それぐらいの大変身だった。

でも私がウエディングドレスを着る日が来るなんて、昨日まで思ってもいなかった。

それより隼人さんと一生一緒にいられるとも正直思っていなかった。

いつか終わりが来る。そんなことを日々考えていた。

それだけにこんな日が来ることが奇跡のようで、まだ実感が沸いていなかった。

しばらく控室で待っているとノック音が聞こえた。

「はい、どうぞ」

部屋に入って来たのは、ライトグレーの光沢のあるエレガントなタキシードに身を包んだ隼人さんだった。

そのあまりの美しさに私は言葉を失った。

「隼人さん」

そう名前を呼べたのは私の側まできた頃だった。

「桜……綺麗だよ」

「隼人さんこそ」

なんだか恥ずかしくてお互いに顔を見合わせて照れてしまった。

「でも、まさか結婚式を挙げるなんて思っていなくて」

「そりゃあ、秘密にしていたからね。驚いた？」

「驚きます。でもすごく素敵です」

「今日の夜に結婚報告があるからそれまでに式を挙げたくてね」

私のことを考えてくれるだけで私は幸せだった。

「これ以上ない幸せです。ありがとうございます」

でも隼人さんは首を横に振る。

「いや、まだまだやることはいっぱいあるよ」

「え？」

隼人さんは、新婚旅行はもちろんデートもたくさんしたいといった。

全て真逆に始まったから私たちはデートも一回しかしていない。

「明日から三日、休みをもらったというか作った。だから思いっきり楽しむよ」

隼人さんが満面の笑みを浮かべた。

その自然な笑顔に胸がときめく。

この笑顔が私は欲しかった。

初めて会った時に彼がコーヒーを飲んで満面の笑みを浮かべた。

あの笑顔に私は心をときめかせた。

この先ずっと私が彼を笑顔にさせたいと思った。

すると隼人さんにお呼びがかかる。

「じゃあ待っているから」

そう言って彼が先にチャペルへ向かった。

少し経ってからスタッフの方が私を呼びに来た。

チャペルの入り口には父がいた。

「お父さん？」

「桜……綺麗だよ」

いや、そうじゃなくて。

「どうしたの？」

父は何を言っているんだと言わんばかりに私を見ている。

「実は姫野くんから先週連絡が来たんだよ」

「そうなの？」

やっぱり知らなかったのは私だけってこと？

一人驚いていると、

「間もなく入場します」

と言われる。

心の準備が整う前に扉が開いた。

そして大きな拍手に包まれる。

母はもちろんのこと、伯父さんも来てくれた。

そしてなんと隼人さんのご両親も駆けつけてくれていた。

その中にはエリーさん夫妻、秘書の樋口さん、そして公香、それに由美と和恵の姿もあった。

一体どうして？

公香と目が合うとニヤリとしたり顔。本当のサプライズだった。

父が祭壇《さいだん》の前で隼人さんとバトンタッチした。

「サプライズしすぎです」

一言いわないと気が済まなかった。

「このぐらいしないとサプライズって言わないんだよ」

隼人さんは満足そうな顔をした。

結婚式が始まる。

讃美歌の後に神父の聖書朗読、誓いの言葉に指輪の交換。

そして最後にベールを上げ誓いのキスを交わす。

だけど私だけが一人驚いて、隼人さんは余裕の笑顔。それがちょっぴり悔しかった。

あんなになかなか告白できなかったのに、変なところで行動力が増す私。

「それでは誓いのキ――」

神父さんに促される前に自分でベールをあげると隼人さんの手を握り自分の方に引き寄せ、私の方からキスをした。

その時の隼人さんの驚いた顔。

「サプライズのお返しです」

その言葉に神父は苦笑い、会場は拍手に包まれる。

「ずるいぞ」

隼人さんはくしゃくしゃの笑顔を向けると、今度は私を引き寄せキスされた。

そして私にこう囁いた。

「よろしくね、俺の奥さん」

「はい。こちらこそ旦那様」

私たちはたくさんの大切な人たちから祝福を受け、本当の意味で夫婦になった。

結婚式と社長就任パーティーを終えた私たちはホテルのスイートルームにいる。

そして幸福感に満たされながら何度もキスを繰り返していた。

「もう遠慮はしない」

一言しゃべってはキスの繰り返し。

「もう、ってすでに遠慮してないじゃないですか」

隼人さんは私を離そうとしない。

「仕方がないじゃないか。ずっと我慢してたんだから。これでも足りないぐらいだ」

彼に愛されていると実感し、胸が熱くなる。

「これからたくさんたくさん思い出を作りましょうね」

隼人さんが私をゆっくりと押し倒す。

「今日は寝かせるつもりはないからね。わかった？」

すでにキスで熱を持った私は彼の熱い眼差しに逆らえなかった。

「じゃあ、私を離さないでくださいね」

隼人さんは返事の代わりに私の体にたくさんのキスを落とした。

番外編

結婚して三ヶ月が過ぎた。

俺は相変わらず多忙で、まとまった休みが取れず、新婚旅行もお預け。

だが、桜は文句一つ言わず、俺をサポートしてくれる。

仕事で疲れていても、彼女の笑顔を見ているだけで癒されるなんて、結婚する前の俺は全く想像ができなかった。

そんなある日、樋口から、

「社長来週の土日なんですが、なんとかお休みを確保しました」

とありがたい言葉をもらった。

新婚旅行とはいかなくても、二人なら一泊二日の旅行ぐらい行けるだろう。

胸を弾ませ帰宅した。

「ただいま」

「お帰りなさい」

彼女を見て俺は目を丸くした。

「誰？」

そう聞かずにはいられなかった。

桜はくすくすと笑いながら、

「驚かせてしまってごめんなさい。いとこの子供なんです」

桜は赤ちゃんを抱っこしていたのだ。

「そ、そうなんだ。女の子？」

「はい。一歳になったばかりなんです。まだ歩けないんですけどね」

「名前は？」

「あやめっていうんです。みんなあーちゃんって呼んでるんです。ご飯できてますよ」

声を弾ませ、赤ちゃんを抱っこする彼女の姿にドキッとしてしまった。

リビングに入ると、赤ちゃんグッズというのだろうか、家にはないものがたくさんあった。

「ごめんなさい。いろんなおもちゃを持って来たみたいで……」

「いいよ。ご飯は自分でやるからあーちゃん？　この子の面倒を見てあげて」

「ありがとうございます」

桜が目を細め、口角を上げ微笑む姿が大好きだ。

だが、今日は特に格別だ。

赤ちゃんをあやす彼女の姿は、慈愛《じあい》に満ちているようだった。

二人の姿を見ながらの夕食は、ちょっと不思議な感覚だ。

夕食を終え、後片付けをしていると桜のスマートフォンが鳴った。

「あっ、ゆきからだ」

それはあーちゃんのお母さんである桜のいとこからだった。

そして少し会話をすると、俺の方にやって来た。

「隼人さん、今日あーちゃんをうちに泊めていいですか？」

「え？」

話によるといとこは遠方の友人の結婚式に出席していたのだが、電車のトラブルで運転再開の見通しが立たないとのこと。

再開したとしてもこっちに着くのは深夜になりそうだということだった。

「桜は大丈夫なのか？　子供の面倒とか……」

「それは大丈夫です」

自信たっぷりな桜。

「いいよ。泊めてあげよう」

「ありがとうございます」

嬉しそうに返事をすると、そのことをいとこにも伝えた。

ところが……。

「え？　俺が？」

「はい。お願いします」

桜は俺にあーちゃんと一緒にお風呂に入ってほしいと言うのだ。

「いや、無理だろう。一歳の子とお風呂なんて入ったことないんだよ」

「大丈夫です。私が近くで見てますから……ね？」

ね？　ってかわいく言われたら……。

「なんか俺って君の手のひらで踊らされてるような……」

「気のせいですよ。じゃあ、お風呂入りましょう」

俺が先に風呂に入って、準備ができたらあーちゃんをお風呂に入れることになった。

しっかり抱っこして湯船に浸かる。

初めてのことで緊張するが、あーちゃんはすごく大人しい。

扱いやすいという言葉は不適切かもしれないが、思った以上にちゃんとできている自分に感心した。

「隼人さんすごく上手ですよ」

桜の褒め言葉に乗せられたかな。

さすがに一人であーちゃんの体を洗うのは不安だったので桜に手伝ってもらった。

手際よく洗う桜を見ていると、なんだか本当の親子のように思えた。

いつかこういう日が来るのかな。いや、来てほしい。

お風呂から上がると桜があーちゃんの体を綺麗に拭いて、パジャマを着せた。

しばらくすると眠くなったようで、桜が寝室で寝かしつけをした。

十分後にリビングに戻って来た桜は、俺の隣に座った。

「あーちゃん、背中をぽんぽんしていたら眠ってくれました」

ホッとしたように彼女は安堵のため息をついた。

「ありがとう」

「いや、楽しかったよ」

「そうですか？」

「ああ。赤ちゃんの肌ってすごくすべすべしてて、それにかわいい」

だが桜は黙ってしまった。

変なこと言ったかな？

「桜？　どうかしたか？」

「私さっき、隼人さんがあーちゃんを抱っこしてお風呂に入れている姿を見たら、すごく幸せだなって……」

それは俺も同じだった。

短い時間だったが、子供のいる未来を想像して幸せな気分になった。

「俺も桜と同じだよ。俺たちの子供ができたらきっと幸せなんだろうなって」

すると桜の表情が一気に明るくなった。

「よかった～。あのね……」

「ん？」

桜は少し戸惑い気味に俺を見た。

「そのことなんだけど……近いうちにそうなるかもしれないの」

「え？」

桜は自分のお腹を優しく撫でた。俺はその意味がすぐにわかった。

「桜！」

俺は嬉しさのあまり桜をぎゅっと抱きしめた。

あとがき

望月沙菜です。

この度は『お見合い相手は初恋の彼でした～愛されすぎの身代わり婚～』をお手にとっていただきありがとうございました。

今作がマーマレード文庫でも5作品目となります。

どの作品でもそうなんですが、いつも手が止まってしまうんです。

プロットに沿って書いていても行き詰まるというか、書けなくなってどうしようって……ことが必ずあるのですが突然ぱっと閃くんです。そうすると驚くほどすらすら書けるんです。だから書くのが楽しいんだろうなって思います。

あともう一つ。

イラストを見るとさらにやる気が出ます。

今回イラストを担当してくださった弓槻みあ先生。本当に素敵なイラストをありがとうございました。

またこの作品に携わってくださった編集者の皆様本当にありがとうございました。

marmalade bunko
マーマレード文庫

お見合い相手は初恋の彼でした
～愛されすぎの身代わり婚～

2021年11月15日　第1刷発行　定価はカバーに表示してあります

著者　望月沙菜　©SANA MOCHIZUKI 2021
発行人　鈴木幸辰
発行所　株式会社ハーパーコリンズ・ジャパン
東京都千代田区大手町1-5-1
電話　03-6269-2883（営業）
0570-008091（読者サービス係）
印刷・製本　中央精版印刷株式会社

ISBN-978-4-596-01725-3

m a r m a l a d e b u n k o